異能捜査員・霧生椋

―緑青館の密室殺人―

三石 成 Sei Mitsuishi

アルファポリス文庫

https://www.alphapolis.co.jp/

死は、影のように生のそばをついて回る。

いつもの朝。人は目覚めると、職場や学校など、それぞれの場所へと出かけていって、疲弊しながら帰ってくる。そうしてありふれた日常を繰り返していくうち、生が永遠に続いていくものであるかのように錯覚してしまう。

だが、生きることは、いずれ死ぬことだ。この世界には、あまりにも多くの人が生きていて、生きてきた。

突然失う『いつも』に多くの人は未練を抱え、死の衝撃になにかしらの強い痕跡を残す。

それが地球という土地に滲みとなって、いつまでも残るのならば。

――普段『目』を向けないだけで、死はどこにでもあるものなのだろう。

第一章　訪問者

1

気がつけば、少年は自宅の玄関ポーチに立っていた。秋めいてきた冷たい風が吹き抜け、寒そうに首を竦める。

目の前にあるドアにはアラベスク模様の曇りガラスがはめ込まれた小窓があり、そこからオレンジ色の灯りが漏れ出している。電気がついているのだから、家族が在宅していることは確実だ。ならば、ドアに鍵はかかっていない。手を伸ばし、プッシュプルタイプのドアノブを引っ張って開けるだけで温かい家の中に入れる。

自宅の玄関前に立てば誰もが当然のようにやることなのに、少年にとっては、たったそれだけの動作がひどく怖かった。彼は、自分がいま夢を見ていることを自覚していたからだ。

少年の名前を霧生椋(きりゅうりょう)という。学校指定のジャージを着ている彼の身長は百六十五センチ。顔立ちが妙に整っていることを除けば、どこにでもいる平凡な男子高校生だ。

しかし、現実の椋の年齢は二十五歳である。つまり二十五歳になった椋が、自分が高校生だったときの夢を見ていることになる。

これは、幾度となく見た夢。そして、実際に起こった過去の完全なる再現であることを知っている。

——だから、怖い。

夢を見ている椋は、踵（きびす）を返して逃げ出してしまいたかった。しかし彼の体は感情に反し、過去をなぞってドアノブに手をかけた。軽く力を入れて引き、灯りのついている玄関へ入る。

「ただいま」

かけた声に返事はないが、リビングからはテレビの音が聞こえてくる。テレビがついているのならば、そこに家族がいるはずである。

「ただいまー。母さん？」

肩にかけたスポーツバッグを床に置きながら靴を脱ぎ、リビングへ足を向けた。椋がいつも使っているスリッパが玄関からなくなっていた。

——おかしいな。出かける前は、ここに置いていったはずなのに。

夢の中の椋はそう違和感を覚えながらも、靴下のままで廊下を進む。

帰宅は二日ぶりだった。当時高校一年生だった椋は、シルバーウィークを利用した部活の強化合宿に参加していたからだ。

リビングにつながるドアノブを握ると、ドアと床との隙間から漏れ出ている赤黒い液体が見えた。瞬時に、夢の中の椋にも強烈な不安が襲いくる。

心臓が、ドクドクとうるさいくらいに早鐘（はやがね）を打っている。椋にはその心音が『夢の中の自分』のものか、『夢を見ている自分』のものなのか、判別がつかなかった。足が震えそうになるのを抑え、ドアを開け放つ。

視界に飛び込んできたのは、一面の赤色だった。床に広がる血溜まりの中に、父親の体が横たわっている。

その姿を見た瞬間、喉がヒュウッと奇妙な音を立てた。息を大きく吸い込んだために、血なまぐさい匂いが肺を満たす。

「とうさ……」

呼びかけようとしたのだが、声が喉で詰まったように出てこない。

父親へ駆け寄ろうとして血溜まりを踏んだせいで、靴下越しに軽い粘着性のある感触を覚えた。足の裏に伝わってくる、湿った感触の冷たさに絶望する。

見下ろした父親は血溜まりの中へ完全に顔を突っ伏していて、その生命が絶えていることは疑いようがなかった。

血飛沫（ちしぶき）がかかったテレビはついたままで、この空間に不釣り合いなバラエティ番組の空虚な笑い声を垂れ流している。音につられて視線を向け、テレビの前に置かれたソファに座る人影に気がついた。見たくない気持ちを押し殺し、ソファの前へと回り込む。

そこにいたのは、布で口枷(くちかせ)をされ、両手を縛られた母親だった。喉に横一文字の赤い裂傷が走り、傷口から下の全身が血に濡れている。椋は、自分の瞳から溢(あふ)れた涙に意識を向ける余裕もなかった。震える体をなんとか制御し、今度は母親に近寄る。ソファの背凭(もた)れに頭を預けたまま脱力している頬にそっと触れて、

「母さん……っ」

と、絞り出すように声を漏らす。

体温を失った人間の皮膚の不気味な感触に、もう手遅れであるという事実を突きつけられる。体から力が抜け、血に染まった絨毯の上に崩れ落ちる。

刹那(せつな)、視界が揺れた。

はじめは、ショックのあまりに目眩を起こしたのかと椋は思った。だが、見えている映像の異質さに気がつく。

まるで、自分がソファに座っているかのような目線だ。同じく自分の横に座っている母親は、生きている。口枷をされ、両手を縛られているが、怯えた表情でまだはっきりと自分を見返しているのだ。

と、急激に視線が移動した。

リビングの入り口を振り返れば、部屋へ入ってきた父親が、こちらに背を向けた男によって腹部を刺される瞬間の光景が見えた。男が握る包丁が閃く。一度抜き去られた刃は、二度、三度と父親を刺し貫いた。

音は聞こえない。否、先程と同じ、テレビのバラエティ番組の音だけはしている。その音が、いま見ているものとはまったく合致しない。

力を失った父親の体が、床の上へと倒れ伏していく。

ふと男が振り向く。血飛沫の飛んだ表情のないその顔に、椋はいっさいの見覚えがなかった。濃紺のスーツを着込んだ、中肉中背の凡庸なサラリーマンだ。眉は薄く下がり気味で、やぼったい印象の一重の目をしている。頬の中央に小さな黒子があった。

包丁を握り込んだ男は近づいてくると、なんの躊躇もなく自身の隣に座る母親の首を掻き切る。母親は目を見開き、喉から血を噴き出しながらしばらく四肢をバタバタと動かしていたが、次第に動かなくなった。

瞬間、また視界が動く。ソファから飛び退き、家の奥にある浴室めがけて駆け抜けていく。

振り向き、鍵がかかる脱衣所のドアを閉めようとしたところで男に捕まる。

椋はここでようやく、自分の見ている視界の持ち主が、自分の姉であることに気がついた。脱衣所の鏡に、母親と同じように口枷をされ、両手を縛られた姉の姿が映り込んだからだ。

男は、力任せに姉の体を床の上へ押し倒した。見えている映像からは、そこから先になにが行われたのかはわからなかった。ただ、男のギラついた笑顔がすべてを物語っている。

最後に見えたのは、父親と母親の血に塗れた包丁が顔をめがけ振り下ろされる、衝撃的な光景。

視覚が自分のものへと戻ってきた瞬間、椋はその場に、胃の中にあったものをすべて吐き出していた。いま見たものが何なのか、まったく理解できない。しかし、わかってしまった気もする。

喉に詰まった不快感に咳き込みながら立ち上がり、先程見た映像と同じように、震える足で浴室へと向かう。

同時に、夢を見ている椋は行きたくないと必死に抵抗する。

――見たくない。あそこには、行ってはいけない。

リビングと同じように、脱衣所へ繋がるドアはきちんと閉め切られていた。ノブに手をかけ、ドアを押し開ける。

凄惨を極めた脱衣所の床には、顔から胸元までを滅多刺しにされ、変わり果てた姉の骸(むくろ)が横たわっていた。

2

「……っ！」

慟哭（どうこく）の声は上がらなかった。

ただ反射的に体が跳（は）ねた衝撃で、椋は自分のベッドの上で目を覚ます。夢だと理解しながら見ていた悪夢だったが、嫌な冷や汗を全身にびっしょりとかいている。

窓の外からは、爽やかな小鳥の囀（さえず）りが聞こえる。綿シーツのさらりとした感触が肌に触れると、現実に戻ってきた安心感から、椋は細く息を吐き出した。痺れたように強張っていた四肢が、少しずつ弛緩する。

しかし、目を覚ました椋の視界は暗いままだ。周囲の様子を見ることはできない。

これは部屋が暗いわけではなく、彼が目隠しをつけていることで、物理的に視界が塞がれていることによる。

目隠しと一口に言っても、安眠するためにつけるような、よくある形状のアイマスクではない。全体が黒のシルクで作られており、目隠し部分から幅広のリボンを後頭部へ回し、結んで留める形の特別製だ。耳にゴムでかけるものに比べ、長時間つけていても着用者の負担が少なくなるように工夫がされている。

　この目隠しを、椋は寝るときだけではなく常時装着していた。目隠しをしているということは、当然いっさいの視覚情報を遮断した状態で生きていることになる。そのように極めて不便になる生活を送らざるを得ない理由は、彼の持つ特殊能力にあった。先程まで見ていた夢でも発生した現象だ。

「スピーク、いま何時」

　椋は慣れた様子で、部屋に置いてあるスマートスピーカーに問いかける。視覚に頼らずに声のみで操作できる機械は、椋にとって非常に便利なものだ。

『十一時三十二分です』

　一般的な感覚からすると寝坊の時間だが、いつも昼頃に起床する椋からすると、ちょうど良い時刻だ。体を起こしてベッドから立ち上がり、寝ている間にかいていた喉元の汗を拭って部屋を出る。そのすべての動作は淀みなく、視界を塞いでいるという不自由さは感じられない。

　夢で見ていた少年期とは違い、現在の椋の背は百八十センチに届きそうな程に高くなっている。ただ、細身な体つきのせいか圧迫感はない。目隠しにより顔の半分ほど覆われている状態でも窺い知れる顔立ちは、とても端正だ。

着替えを収納しているクローゼットの引き戸を開け、ワイシャツと黒のチノパンを取り出す。

いまは真夏。椋が寝ていた部屋も外部から熱され暑くなっていて、本来であれば半袖で過ごしたい気候だ。しかしクローゼットの中に入っている洋服は上下同じ組み合わせの一種類しかなく、目で見て選ぶ必要のないように揃えられていた。長袖長ズボン以外の選択肢はない。

寝間着にしているスウェットから手早く着替えを済ませると、洗面台へと向かう。

目を閉じたまま目隠しを外して顔を洗う。冷たい水の感触に、僅かに残っていた眠気と嫌な感覚がさっぱりと流されたのを感じた。頬を流れる水滴をそのままに、洗面台に手をついてため息を漏らす。

あの日のおぞましい事件を椋が夢に見るのは、珍しいことではない。しかし見てしまうたびに、気持ちがひどく沈み込む。夢の内容自体に加え、いつまでも過去に囚われている自分を感じて、そのことにもまた引け目を覚えるのだ。

椋はキュッと唇を引き結ぶと、気分を変えるように頭を軽く振ってからタオルで顔を拭い、目隠しをつけ直した。

支度を済ませて階段を降り、リビングに入ったところで、椋は不自然に足を止める。家の中はどこもかしこも極めて蒸し暑く、静まり返っている。現在、家の中に椋以外の人間はいないので当然のことなのだが、これは椋にとっての『日常』とは違った。

「そうか。広斗はまだ帰っていないんだった」

誰に伝えるでもなく、ポツリと呟く。

広斗というのは、この家で共に暮らす上林広斗という名前の同居人のことだ。料理を趣味としている広斗は、大抵自室ではなくキッチンにいる。この家のキッチンはリビングと仕切りなく繋がっているため、彼の細やかな気配りによって、リビングはどのような外気温でも適温に保たれているのが常だった。

広斗は椋より四歳年下で現在は大学四年生。進学を機に大学から近い椋の家へ越してきたのだが、三日前から盆であることを理由に実家へ帰省している。

当初、広斗が実家に滞在するのは二日間で、昨日中に帰ってくる予定になっていた。しかし椋は昨夜、ひどくしょげた様子の広斗から、

『椋さん、すみません。まだ帰れません。祖母の体調が悪く、墓参りの予定が急遽一日後ろにずれこんでしまいました』

と電話で報告を受けた。

広斗は出かける前に二日分の椋の食事を作り置いて行ってくれたのだが、予定が変わってしまったために、その食事はもう残っていない。外に買いに行かねば、冷蔵庫にはなにもない。

そこそこの空腹を抱えたままリビングに入ったすぐのところで立ち尽くし、数分の逡巡をする。ふと、椋は大きなため息を漏らした。一人での外出をためらっていることを自覚して、情けなくなったのだ。

頭をかきながら、再度自分の部屋へと戻る。財布の入ったボディバッグにスマートフォンを入れて肩からかけると、玄関へ向かった。目を閉じたまま目隠しを外し、壁につけられた小さな棚の上に置いて、入れ替えるように黒の濃いサングラスをかけた。最後に、棚の下につけられたフックからシンプルな木の杖を取る。

そうして身支度を済ませると、椋は意を決して玄関ドアを押し開け、外へ出た。

途端、真夏の強烈な太陽に晒(さら)される。

目隠しをしているときと同様に、サングラスの奥では目を閉じたままだ。しかし、その強すぎる日差しはサングラスを透過し、瞼越しにも感じとることができた。すぐに頭の天辺(てっぺん)が熱くなる。蒸した空気に加え、地面からも熱気が上がってきていた。

外に出ただけで辟易しつつも、椋は歩きはじめる。長年住んでいる家なので近所の土地勘はあるが、それでも家の中で振る舞うほど自由にはできない。杖で目の前の安全を確かめながら、一歩一歩慎重に歩いていくのだ。

椋の姿を目撃した第三者がいたら、足を悪くしているようにも見えない若者が、白杖ではない普通の杖をついて歩いていることに違和感を覚えるに違いない。

『次のニュースです』

炎天のもと椋が歩いていると、ふと、男性アナウンサーの明瞭な声が聞こえてきた。ここは住宅街なので、道の脇にあるどこかの家のテレビから流れてきているのだ。暑さのために窓を開け放っているのか、いやに音量が大きい。

『アメリカ合衆国の連邦捜査局、ＦＢＩで結成された「特別霊能班」、略称「ＳＰＴ」が再び難事件を解決。今回は、二十六年間未解決だった連続殺人事件の犯人を特定し、逮捕に至りました。ＳＰＴの続く快挙に、全米市民から称賛の声が上がっています』

『すごいですね、霊視で遺体を発見とは。たしかこのＳＰＴは三ヶ月前に結成されたのでしたね』

そう感嘆するのは女性の声。

『ＦＢＩは昔から、内々で霊能力者に協力を要請していましたが、その捜査方法が公的に認められたことで、一気に効率化が進められたものと思われますね。こういうところ、アメリカは本当に合理的ですからね、日本の警察でも見習うところはたくさんあります』

答えたのは、先程のアナウンサーとは違う、年配らしき男性の声だ。続けてアナウンサーが問う。

『梶山さんはどうですか。霊能力というものは、信じていらっしゃいますか』

『いやいや、これはもう信じるとか信じないとかいう問題ではありませんよ。実際にどんどん成果を挙げていますからね。日本国内でも、霊能力を取り入れた捜査を進めるチームを結成しよう、という動きがはじまっているようです』

テレビから漏れてくる音がはっきりと聞こえていたのは、そこまでだった。

杖で足元を確認し、頭皮から垂れてくる汗をワイシャツの袖でしきりに拭いながら、椋は慎重に歩き続ける。

やがて住宅街を抜けると、四車線の広い幹線道路につきあたる。目の前は信号のある交差点だ。

足の裏に点字ブロックの感触を覚え、椋は信号がついた横断歩道の前で止まった。道路を走る車の音に神経を集中すると、しばらく後に車の走行音が途絶えた。周囲に人の気配もなく、一瞬の無音が訪れる。

椋のこめかみを、また一筋の汗が滴り落ちる。

ここに設置されているのは、視覚障害者用信号機ではない。音がしなくなったことで、車が目の前を通らなくなったということはわかる。だが目を閉じたままでは、ただ単に車の列が途切れただけなのか、それとも信号が変わったのかどうか確信が持てなかった。

椋は浅く息を漏らす。意を決して杖を握る手に力を込めると、サングラスの奥でゆっくりと瞼を押し上げる。

久しく瞼の裏以外を見ていなかった椋の瞳に、雨降る夜の交差点が映った。強い雨脚が飛沫を上げ、濡れたアスファルトに映り込む街頭の灯りが滲む。視界にチラチラと映り込んでいるのは、ビニール傘の持ち手だ。だが、いまは青い空晴れ渡る夏の正午。体にも太陽のじりじりと焼けつくような日差しを感じているが、その体感と視覚情報が合致しない。

水の膜が覆う目の前の横断歩道をしばらく眺めていると、どこかから映り込む赤の光が、緑へと変わった。視線が下から上へと移動し、青信号を点灯させた歩行者用信号機を捉える。

すると、椋の体は歩いていないのに、視界だけが前へと進んでいった。遠くの方で、コンビニの看板が煌々（こうこう）と輝いている。幹線道路を越えた向こう側の歩道へ、もうすぐで辿り着くと思われた、そのとき。

なにかに気がついたように、前だけを見ていた視線が移動し、横を向く。

視界に捉えたのは、スピードを上げて眼前に迫るトラックの眩いヘッドライトだった。身構える間もない。もはや避けることは不可能な距離。身に迫った重大な危機に目を閉じることしかできず、椋は数秒間体を硬直させる。

想定した衝撃が体に走らないことを確認し、恐る恐る瞼を開くと、そこには夏の日差しに照らされた交差点が見えた。サングラス越しに見ている景色のため少しだけ暗いが、だからといって夜の景色と見間違えはしない。

確認したかった歩行者用信号機は青で、すでに点滅をはじめている。

――横断歩道、はやく渡らないと。

そう思いはするが、いましがた目撃した衝撃的な光景の、後を引くような恐怖に身が竦んで動けない。横断歩道に再びトラックが突っ込んでくるのではないかという、根拠のない不安に襲われてしまったのだ。

いま見た光景が『今の現実』ではないことを、椋はきちんと理解している。しかし今回目撃したのは、死を覚悟する交通事故の光景だ。本能的な恐怖感は、理性で抑え込むことのできるものではなかった。

暑さによるものとは種類の違う汗が喉元を伝うのを感じ、椋は瞼を閉じながら幹線道路を渡ることを諦め、歩道の脇へ移動してしゃがみこんだ。アスファルトの地面に立てた杖を両手で持ち、額を押し付けて体重を預ける。

心臓がうるさいくらいに脈打ち、喉が乾いていた。暑さも相まって、頭がくらくらする。椋は長年、いまのように突然再生される幻覚に苦しんでいた。

幻覚は、誰かに視界をジャックされたかのように、前触れもなく網膜で再生される。

家族を殺された事件現場ではじめて発生した現象と同様のものだ。だからこそ椋は、それがただの幻覚ではないことを知っていた。

一般的に、霊能力や特殊能力と呼ばれるものである。具体的には『人が死んだことのある場所を目にしたとき、その場で死んだ人間が最後に目撃した光景が、自分の網膜で再生される』というものだ。すなわちいま彼が見たのは、過去にこの交差点でトラックに轢かれて死んだ誰かが見た最後の光景だったことになる。

だが、椋自身はこの特殊能力を、能力として認めてはいない。自分に起こる現象のきっかけはわかっているものの、彼自身はそれを制御できないからである。

幻覚は勝手に見えてしまうだけのものであり、自分から見ようと思って見ることもできなければ、視覚を閉ざす以外に『幻覚を見ない』という選択もできない。幻覚は網膜で再生されるため、一度見はじめてしまえば、途中で瞼を閉じても見ることはやめられない。あくまで『過去に人が死んだ場所を目にする』ということが発動のトリガーになるだけだ。幻覚を見る頻度は高く、特になにも対策をせずに生活をしていれば、一時間に二回程度の頻度で見てしまう。

また、自分の目で本物の光景を目の当たりにするため、ドラマや映画などで作り物の映像を見ることとは本質的に異なる。人が死ぬ前に見た光景ともなれば凄惨なものも多いが、そういったものを見てしまった後の精神的ダメージは計り知れなかった。

突如として見させられる幻覚は日常生活に支障をきたすからこそ、椋は普段より目隠しをしている。しかし人は、五感による知覚情報の八十三パーセントを視覚から得ているという。その視覚のいっさいを遮断して生きるという選択は、生半可なものではない。故に、

――こんなものは能力でもなんでもなく、ただの障害だ。

というのが椋の自認だった。


動悸が治まるのを待っていると、身につけたボディバッグから、ドビュッシーの『アラベスク』が流れ出す。椋は目を閉じたまま革製のバッグを探ってジッパーを開き、音の発生源であるスマートフォンを取り出すと、耳に当てた。発信者を確認するまでもない。椋に電話をかけてくる人間は限られているし、その曲は広斗専用の着信音なのだ。

「ど……」

『椋さん、いまどこですか⁉』

どうした、と問う間もなかった。スマートフォン越しに響いた低めの声は、ひどく焦っている。

「昼食を買いに、近くのコンビニに行こうと思っ……」

『コンビニに居るんですか？　大通りの向こうの？』

食い気味に再度問いかけられる。

「いや、まだ辿り着いてなく……」

椋は答えを続けたが、

『そこで待っていてください、動かないで。すぐ行きますから！』

最後は広斗自身が言い終わる前に、通話がプツリと切れた。

「忙しない奴だ」

スマートフォンをしまいながら、椋は憮然と呟く。だが同時に、どこか安心もしていた。先程までの激しい動悸が、すっかり治まっていることを自覚する。

呆気に取られながらも言われたとおりに椋が待っていると、数分もしないうちに、こちらへ向かって走ってくる足音が聞こえた。次いで、先程電話越しに聞いたものと同じ、慌てた声が投げかけられる。

「椋さん！　どうしたんですか、大丈夫ですか、日射病ですか、辛いですか、立てますか、家までおぶって行きますか、それとも救急車が必要ですか」

炎天下でしゃがんでいる椋を見ていっそう慌てた様子で、返事を待たずに広斗が質問を捲し立てる。椋は軽く笑うと、それ以上広斗を心配させないように立ち上がり、なんでもないと手を振った。

「少し動悸がしただけだ。お前、昨日はまだ帰れないって言ってなかったか？」

「墓参りは朝のうちに済ませてきたんですよ。どうして一人で家を出たんですか」

「腹が空いたから……」

「ああぁっ、やっぱり、なんとしてでも昨日のうちに帰ってくるべきでした。本当にすみません。さあ、家に帰りましょう、昼食は俺がなんか作るんで。暑いから素麺(そうめん)でどうですか？」

広斗は大袈裟なほど嘆いたが、すぐさま気持ちを切り替えた。提案しながら、椋の手元へ自身の腕を軽く押し当てる。この仕草は、自身の腕に捕まってくれと椋へ促すいつもの合図だ。

広斗の背丈は椋よりもさらに高く、百八十センチを軽く超えている。上背に見合って体格もがっしりしてはいるが、自ら率先して体を鍛えている訳ではない。成人はしたものの、未だ少年の面影を残す顔立ちは目鼻立ちがくっきりしていて、くるくると表情が変わる。太めでまっすぐに上がる眉が、顔立ち全体の印象を引き締めていた。

差し出された腕に椋が手をかけると、広斗は嬉しそうに微笑んだ。そのまま二人で家を目指して歩き出す。

椋が視覚を遮断するようになって、もう九年が経過した。それだけの年数が経てば、視覚情報に頼らず生活することにも、ある程度は慣れる。しかし、家の外で誰かに頼って歩けることは、素直に椋を安心させた。

「墓参り済ませたって言っても、こんな早くに戻ってきて、親父さん怒ってなかったか？」

「かもしれませんけど。別にどうでもいいです」

なんの感情も含まれない淡白な口調からは、広斗が本当に、心底どうでも良いと思っているようだと窺い知れる。

広斗の実家はそこそこの名家だ。いわゆる地主というやつで、実家のある地域に広大な土地を持っている。今回盆に帰省していたのも、親戚一同が集まる会食があるからと呼び出されたからだ。

広斗は常日頃であればあれこれと理由をつけて、盆正月にも実家に帰ろうとしない。だが今回は、厳格な父親から強制帰省命令が出た。帰ってこなければ勘当するとまで言われていたのだが、当初の広斗自身は、それにすら従うつもりはなかった。しかし、

「家族は大切にしたほうがいい」

と椋に促されて、渋々出かけていったのである。家族全員を失っている椋にそれを言われると、広斗としては弱い。

出かける前の広斗は椋の生活をひどく心配していたが、椋自身は、広斗が家に来る前の生活に戻るだけだと、なにも気にしていなかった。

実際には、家から徒歩六分程のコンビニにさえも辿り着けなかった訳だが。

一人暮らしをしていた以前よりも、自活力というものが明らかに失われてきていると、椋は思う。

「お前に頼りきりでは困るな……」

「なにがですか？」

独り言のようにぼやくと、即座に問い返される。椋はそれにゆるく首を振って応え、あとは黙って歩く。椋が一人で歩いてかかった三分の一ほどの時間で、二人は家に帰り着いた。

閑静な住宅街の一角にある、道路の突き当たりに位置する一軒家。オフホワイトの外壁を持ち、ところどころに埋め込まれたタイル風の装飾や、煉瓦色の屋根がお洒落な洋風の大きな二階建て。

二人暮らしには豪華すぎるこの家は、椋の生家である。椋の両親が建てたものだが、事件で両親と姉が他界したことにより、いまでは椋の持ち家になっている。もちろん、あの事件が起きたのもこの家でのことだ。

椋は広斗に招かれるままドアを潜った。その口元へ僅かに歪んだ笑みが浮かんだのは、つい先程出かけた家に、なんの成果もなく帰ってきた自分に笑えたからだ。

玄関の棚の下に杖を戻し、サングラスと入れ替えるように目隠しをつけ直す。

家の外でサングラスをかけるのは、目を閉じていることを他人から気づかれないようにするためだ。椋は人から注目を集めることをひどく嫌う。では、なぜ家の中では目隠しをつけているのかというと、自分の意思で目を閉じ続けることが、意外と疲れるものだからである。この家は、椋の見たくないもので溢れている。そのため、万が一にも家の中を見てしまわないように、椋は常に目隠しを装着し続けている。

「素麺作りますね。日射病にはなっていないんですか？　食事の前に氷嚢（ひょうのう）出しましょうか」

先に家の中へと上がった広斗が問いかけてくる。

「日射病になるほど外にいなかったよ。情けない話だけどな」

リビングに入った椋はそう答えながら、心地よい涼しさを感じて無意識のうちに息を漏らす。広斗が先程一時帰宅をした際に冷房をつけていってていたため、家の中は心地よい温度になっていた。

ソファに腰掛け、ボディバッグを下ろす。たいした時間ではないが、久しぶりに強い日差しに当たったせいで体が火照っていた。椋はおもむろに、熱くなっている額に手の甲を当てた。

その仕草を、リビングの奥につながるアイランドキッチンからやってきた広斗が気づかわしげに見る。

「椋さん、本当に大丈夫ですか？　麦茶、ここに置いておきますね。脱水症状にならないように、先に飲んでいてください」

　麦茶の入ったグラスを二つ、彼はコトンコトンと音をさせながらテーブルに置いた。グラスの中では、氷がぶつかる涼しげな音もする。

「んっ……ああ、ありがとう。大丈夫だ」

「辛かったらいつでも言って下さいね」

　短く言葉を交わすと、広斗は再び奥へ戻っていく。

　椋は出された麦茶を飲みながら、キッチンではじめた物音に意識を向けた。広斗の足音、鍋の中でお湯の沸く音、薬味を切っている小気味良い音が響き、この家に人の営みがあることを感じさせてくれる。

　広斗が帰宅したことでようやく、椋はここが自分の家だという安堵を覚えていた。

　彼が不在にしていたのはたった三日間だったが、広斗のいない家の中は、椋にとってもやはり寂しかったのだ。

　広斗がこの家に住みはじめたのは四年前だが、椋が広斗と出会ったのは、もう九年も前、椋が高校一年生だったときだ。当時の広斗は小学生であり、本来接点を持ちようもない年齢差だが、広斗の兄である結斗（ゆいと）が、椋の同級生だった。

　あの事件の直後、椋は受けたショックのあまりの大きさに、高校にも通えず抜け殻のようになっていた。そんな椋の気持ちが少しでも晴れればと、結斗が自分の家へ、椋を半ば無理やり連れて行ったのがきっかけである。

しかし、椋と結斗が元々特別親しかった訳ではない。結斗は成績が良く親教師からの信頼も厚い典型的な優等生であり、悲劇的な事件に見舞われた椋の面倒を見ることを、担任の教師に頼まれていたのだ。結斗も嫌々やっていた訳ではないが、結果的には弟である広斗の方が結斗以上に椋と親密になり、次第に心酔していくことになる。

「さー、素麺できましたよ、食べましょう。椋さんはいつもどおり、薬味たっぷりがいいですよね？」

明るい声をかけられ、椋はぼうっとしていた意識を引き戻す。

広斗は、食器を盆に載せて運んできているところだった。ガラスの器に入った素麺には氷が浮かぶ。小口ネギと摩（す）り下ろした生姜、刻んだ茗荷（みょうが）がそれぞれの小鉢に入れられ、個別の麺つゆも、すでに薄められて用意されている。

「茗荷あるか？」

「もちろん。いっぱい入れますね」

広斗は、椋用の麺つゆにそれぞれ薬味を投入してから、甲斐甲斐しく彼の手元へ差し出した。こうして椋の世話を焼くことを、広斗は何の手間とも思っていない。むしろ、なにをしているよりも楽しそうだ。

「ありがとう。いただきます」

用意された箸を手に取り、食前の挨拶を述べてから、椋は麺つゆの入った器を受け取った。彼は愛想がいい方ではないが、こうした感謝の言葉は必ず口にする。その所作には、随所に育ちの良さが見て取れた。

椋は少し濃い目の麺つゆに素麺をつけ、薬味を絡ませながら口へと運ぶ。冷えた麺はつるりと喉を下っていく。奥歯で噛みしめる茗荷の食感に、鼻に抜ける芳香が合わさって実に美味だ。

「美味しい」

「よかった。素麺なんで、茹でただけなんですけど。じゃあ、俺もいただきます」

謙遜しながらも広斗は嬉しそうに笑い、自身も箸を手にする。

「俺が作り置きしていったご飯は、食べられました？」

「ああ。特にグラタンが美味しかった」

「あれ、新しく覚えたレシピで作ったんです。また作りますね。今晩はなにが食べたいですか？」

共に素麺を啜りながら、広斗の声が弾む。

食べさせる相手は椋しか居ないのだが、広斗は手の込んだ料理を面倒臭がらずによく作る。そもそも彼が料理することを好きになったのも、椋に栄養のあるものを食べてもらいたい、というところから発している。親の意向がなければ、進学先は経済学部の四年制大学ではなく、調理の専門学校を選択していただろう。

問いかけにしばし考えてから、椋はもう一度素麺を啜った。

「なにか魚が良いな」

「和食がいいですか?」

「いや、特にそういう希望はないが」

「洋食で良ければ、サーモンのムニエルにしましょうか。それとビシソワーズでさっぱりと。どうですか?」

提案を聞き、椋は小さく笑う。広斗がそのメニューを選んだ理由を推測することができたからだ。

「上林家はずっと和食だったよな」

椋が上林家に滞在していたのは昔のことであるが、それでも特徴的だった台所事情はよく憶えている。

「しかも、お祖母さんの味覚に合わせているので味が濃いんですよ。男子厨房に入らずとかいって、手伝わせてもくれませんし」

僅かに唇を尖らせ、不満を露わにする表情は、広斗の面立ちの幼さを際立たせる。

椋がその表情を見ることはないが、口ぶりから想像することはできた。

　広斗が不満に思っているのは、なにも実家の食事だけではない。椋と出会った当初から、広斗はあの大きな家に居場所のなさを感じている。そして、広斗の中にあるその感覚が、彼の成長と共に大きくなっていることを椋は知っていた。

　父親は厳格だが愛情がないわけではなく、祖母と母親は優しく、結斗は合理主義的なところもあるが、性格の良い兄である。椋から見れば、上林家はいたって健全でしっかりとした家庭だった。しかし、家族仲ばかりは反りの問題があることを椋も理解している。

「好きなもので良い。お前の作ってくれるものは、何でも美味いから」

　つるりと腹に収まってしまった素麺を食べ終え、麺つゆの器と箸を置くと、両手をあわせて、

「ごちそうさま」

　と端的に述べる。

　全幅の信頼を感じる椋の言葉に、広斗は実に嬉しそうに笑った。椋は目隠しをしたままなので、当然そんな広斗の顔を見ることはない。誰に見せるためのものでもない、自然と溢れた笑顔だ。

「椋さん、大好きです」

　隠すことなく、真っ直ぐに向けられる親愛の情と言葉を、椋はなにも言わずに、し

かし厭(いと)うこともなく受け取る。

　それが、彼らの日常だった。

3

　二人の平穏が破られたのは、それから二日後の朝のこと。

「お帰りください！」

　突如として聞こえてきた広斗の厳しい声に、椋は眠りから目を覚ました。今日もまた、あの夢を見ていた。寝ている間にかいていた冷や汗を拭いながら耳を澄ますと、階下では広斗が誰かと言い争っている声が続いている。

　いつもよりも早い目覚めに未だ眠気を感じるが、放っておくわけにもいかない。椋は寝起き姿のまま部屋を出ると、手すりに手をかけながら階段を半ばまで降りた。階段は玄関に繋がっている。

「広斗、どうした」

　椋が後ろから声をかけると、広斗は弾かれたように振り向く。

「あ、椋さんすみません。起こしてしまいましたか。この人にはすぐ帰ってもらうので、大丈夫です」

「いや……」

様子を目で見ることができない椋は、事態を把握できない。

椋が曖昧に応（こた）えたところで、広斗の前に立っていたスーツ姿の男性が口を開く。彼は玄関の三和土（たたき）に立ち、グレーのジャケットを脱ぎ小脇に抱えていた。ワイシャツは半袖で、その胸ポケットにはペンと手帳がささっている。

「椋くん。わたしだよ、真崎（まさき）だ。会えてよかった。君の優秀なボディーガードが通してくれなくてね」

その声に、椋は聞き覚えがあった。長年聞いていなかったが、喉の奥で低く響く声音は独特で、記憶の深いところに刻み込まれていたからだ。

「真崎さん？　いったい、どうしたんですか」

意外な人物の訪問に、椋の声は自然とワントーン上がった。

「久しぶりだね。憶えていてくれて嬉しいよ。実は君に相談したいことがあってね」

相手の正体がわかったところで椋は階段を降りきり、大丈夫だと伝えるように、広斗の肩に手をかけた。

「え、椋さん。この方はお知り合いですか？」

椋の反応を見て、真崎の行く手を阻むように立ち塞がっていた広斗が意外そうに声を上げる。椋は、広斗の体に走っていた緊張が抜けていくのを、彼の肩に置いた手から感じた。

「だからそう言っているだろう」

眉を下げて笑う真崎の歳は四十四。オールバックにした髪には、ちらほらと白髪が混ざっている。背は椋よりも少し低い位だが、体格が良く、実際の年齢よりも貫禄のある出で立ちだ。

「だって、警察だって言うけど、手帳も見せてくれませんし」

「あいにく今日は非番で、警察手帳は携帯していないんだ」

二人の会話を聞き、椋が代わりに謝罪する。

「すみません。最近は少なくなりましたけど、マスコミとか不審者とか、まだよく来るもので。広斗も警戒してくれているんです」

事件のあと、一家惨殺の凄惨な事件はマスコミでも大変な話題となった。事件唯一の生き残りである椋は、犯罪だけではなく、彼らの被害にもあったと言って過言ではない。事件当時の狂気じみた騒ぎは遠くなったが、今日（こんにち）に至っても取材希望者がときおり現れる。また、犯罪マニアなる者達が家の様子を見にやってくることもある。なかには家の中にまで上がり込もうとする輩（やから）もいるのだ。

マスコミや、そうした不届き者達に悩まされる椋の姿を、広斗は当時からそばで見ていた。彼らに対する広斗の警戒心は自然と高くなり、いまでは積極的に対処を買って出るようになっていた。

そしてそのあたりの事情は、真崎も承知しているところだ。

「ああ、そうだよね……いや、わかるよ。謝ることはない。慎重なのは良いことだ」

彼はなにかを思い出すような表情で、理解を示すように頷いた。椋はほっとしたように息を漏らす。

「そう言っていただけると。あ、と。すみません、俺まだ寝起きで。ちょっと支度してくるので、上がっていてください……広斗、お通しして」

「はい。こちらへどうぞ」

広斗が真崎をリビングへ案内している声を聞きながら、椋は二階へ戻った。いつものように定番の服に着替え、顔を洗って支度を済ませる。

手つきや足取りは普段と変わらないが、表情は浮かない。起きてしばらく経ったいまになっても、頭の中には悪夢の嫌な感覚が残っていた。気分を変えるように、タオルで強く顔を拭う。椋はそこで、悪夢がいっそう尾を引いているのは、真崎の声を聞いたからかもしれないと、ふと思う。

真崎は、あの事件の担当刑事だった。椋が真崎の存在を思い出すとき、自然と事件はセットになる。彼には何の落ち度もないが、彼の存在自体になんとなく嫌なものを感じてしまうのもまた、致し方ないことだろう。

タオルを置いて、深いため息を吐くと目隠しをつけ直す。

ときおり広斗に切ってもらうだけで、余計な手をかけていない椋の髪はさらさらの直毛だ。ざっくりと手櫛で整え、変な寝癖がついていないことを確認してから、椋は階段を降りていった。

「椋さん、ホットサンド食べますか?」

椋がリビングに姿を現すと、すぐさま広斗が問いかけてくる。

「うん……真崎さんはお腹すいています?」

「いや、わたしはもう食べてきたから大丈夫。君は気にせず食べると良い」

聞こえた声の位置から真崎の座っている場所を把握して、椋はちょうど向かい側のソファに腰掛ける。テーブルの上には、すでに広斗が真崎用に出したコーヒーがあり、カップからは湯気と芳(かぐわ)しい香りが立ち上っていた。

「では、お言葉に甘えて。広斗、俺の分だけ頼む」

「はーい」

広斗がキッチンへ向かってしまうと、リビングにはやや気まずい沈黙が落ちる。

部屋には控えめの冷房がかかっていて涼しいが、椋は無意味にシャツの袖を捲くった。事件のときは世話になったが、九年も前の話だ。当時の椋はろくな会話ができる状況でもなかったし、親しい間柄という訳でもない。

——さっき、相談があるって言ってたよな。それを聞けば良いんじゃないのか？　と、椋は自分自身で思う。しかし、どう切り出したら良いものなのかも、普段広斗以外の人間とまったく接していない彼にはわからない。

椋がまごついている間に、真崎が口を開いた。

「広斗くんとは、この家で一緒に住んでいるのかい？　お友達？」

「ああ、はい。友達の、弟なんですけど。彼の通っている大学に、実家より俺の家の方が近いので、同居しているんです。家のことも色々やってくれています」

広斗と椋の関係を端的に言い表すのは、なかなか難しい。友人関係には違いないのだが、友達と言い切るには、年齢的な上下関係があるような、ないような。

「そうか。君が一人でもなく、元気なようで良かったよ。この家にまだ住んでいたとは、驚いた。おかげでこうしてまた会うことができたのだが。さっき、家にマスコミや不審者も来ると言っていたが、どうして引っ越さないんだい？」

真崎と椋は個人的に連絡先を交わしてはいなかったので、椋が引っ越していたら、もう二度と会うこともなかったに違いない。

しかし、椋はあの惨劇が起こった家に、いまなお住み続けている。殺人の起こった家からは引っ越すのが一般的な感覚だろうが、椋にはその気がなかった。

「そう……ですね。お金もないですし」

嫌な記憶があるとはいえ、家族との想い出が詰まっている家を出たくない、という心情面もありつつ、大きな要因は金銭的なことだ。

遺産に加え、父の多額の生命保険金と遺族年金が出ているため、現状で金に困っている訳ではない。しかし椋は、極力の節約をするよう心がけていた。

事件のあと、結斗をはじめとして周囲の人々からサポートを受けたが、暴発する能力を抱えた状態では、どうしても元の生活に戻ることはできなかった。

二年生に進級はせず高校を中退して以降、椋は何の職にも就いていない。簡単なアルバイトにすら出かけたこともないので、彼には、自分がよっぽど世間知らずのまま生きているという自覚があった。ろくな学歴もなく、さらに視覚に障害を抱えた状態で、これからも働けるようになるとは思えなかった。

「仕事はしていないのかい？　能力のせいで？」

「はい」

問いかけにそれ以上の返答をすることができず、椋はただ頷きだけで済ませる。

真崎の質問は続いた。

「高校は行けるようになったのかい？　君の様子は気になっていたんだけどね、いつまでも、ひとつの事件の被害者に会いに行くことはできなくて」

　どこか申し訳なさそうにそう告げる真崎に、椋は首を振る。

「いえ結局、高校は中退しました。気にかけていただいて、ありがとうございます」

　ただの刑事とその担当事件の被害者という関係性において、真崎が犯人逮捕以外にできることなどない。そして、すでに真崎は自らの責務を果たしている。椋のどこか達観したような感謝の言葉を締めくくりに、また少しの間、沈黙が続く。

　と、気まずいタイミングを見計らったかのように、皿に乗せたホットサンドと、椋専用のカップに入ったコーヒーを、広斗が両手に持って運んできた。

「椋さん。コーヒーと、ホットサンドです」

　広斗は言いながら、一つずつコトンと小さく音をさせてテーブルの上へと置いていく。カップの取っ手は椋から見て右手に向ける。そうすることで、椋が物の位置を把握できることを知っているのだ。

「ありがとう。いただきます」

　椋はさっそくホットサンドへと手をのばす。食パンの耳をつけたまま焼き上げているホットサンドは、持っただけでたっぷりと中に詰まった具材の重みが手に伝わった。歯を立てると、カリッと小気味好い音が響く。中に入っているのは卵フィリング・ハム・チーズ・アボカド。それぞれの具材の味はブラックペッパーを効かせていて、ホテルで出てくるもののような、本格的な味に仕上がっている。

「ちょっと焼きすぎちゃったかな。もう少しふんわりさせてもいいかなと思ったんですけど」

　広斗は反応を窺うように椋を見る。

「いや美味しいよ。焼き加減はちょうどいい」

「うん、見ているだけでも美味しそうだ。わたしも頼めばよかったかな」

　真崎の少し冗談めかした言葉に、三人の間に小さく笑いが漏れる。先程までの気まずい空気が払拭された。

「広斗は料理が趣味なんです。いつも美味いもん食わしてもらってますね」

「わあ、嬉しいこと聞いちゃいました」

　言葉どおり嬉しそうに声を弾ませ、広斗は椋の横へと腰掛けると、興味深そうに真崎のことを見つめる。

「真崎さんと椋さんは、どういうお知り合いなんですか？」

　広斗は昔から、話す人の目をまっすぐに見る。そう教育されて育ったためについた癖のようなものだが、真崎のことは、よりいっそう見定めるように観察していた。

「真崎さんは、あの事件を担当してくれた刑事の一人なんだ」

椋がホットサンドを嚥下し説明する。コーヒーカップに手をかけ、一口飲んで喉を潤してから言葉を続けた。

「あのとき、俺が幻覚で犯人を見たことを、唯一本当に信じてくれた人で……真崎さんが捜査方針を変えて、犯人を捕まえてくれたんだ」

事件の直後、椋は精神状態の不安定さから入院していた。警察はその間に捜査を進めており、椋も数多くの事情聴取をされた。

医者やら刑事やら、あらゆる人間が入れ替わり立ち替わりで病床にやってくる。トラウマに苛まれながらも、家で実際に見た光景と、幻覚の中で見た光景の違い、そして犯人の姿について、椋はできる限りの言葉を尽くして何度も説明した。自分は犯人の顔を見ているのだという自覚があり、犯人を捕まえて家族の仇(かたき)を取って欲しいという切なる想いがあったからだ。

しかしほとんどの者は、椋の言葉を信じなかった。一見親身になって話を聞いてくれたとしても、それは彼の治療のために、信じたふりをしているだけだった。彼の話はただの幻覚で、その精神不安からくるものだと、まともに取り合ってもらえなかったのだ。

そんな中、椋の言葉をすべて信じた唯一の刑事が、ここにいる真崎だ。彼は連日椋の病院に足を運んで捜査状況を報告し、犯人逮捕にまで漕ぎ着けた。

椋が手短に説明をすると、真崎は穏やかな笑みを浮かべる。

「たしかに手錠をかけたのはわたしだが、犯人を見つけたのは、間違いなく椋くんの力だよ。……実はね、今日わたしがここを訪ねたのも、椋くんのその力について、お願いがあるからなんだ」

「お願い、ですか？」

いよいよ話が本題に入ったのを感じ、椋は、齧っていたホットサンドを皿に下ろした。横に座る広斗の体が僅かに強ばる。

真崎は椋を見つめたまま話しはじめた。

「このたび、刑事課の中に新しく『異能係』という係が作られることになってね。わたしがその係長に就任することになったんだよ」

「それは、おめでとうございます」

「ありがとう」

昇進の話かと思って一応祝辞を述べた椋だったが、真崎の表情は浮かない。視覚を塞いでいる椋はもちろんその表情を目にすることはないが、声の調子から、彼が単純に喜んでいるわけではないことは察することができた。

「異能係は、警察内部にはない能力を持つ外部の者の力を借りて、いままでの捜査では解決の難しかった事件を解決しよう。と、こういう意図で作られた係なのだが」

そこで、真崎はもともと低い声をさらに低めた。

「そのパートナーとして協力を要請する者が、いわゆる超能力を持つ、霊能力者なんだ」

「霊能力者」

椋の隣で、広斗が何の感情もこもらない声で繰り返した。椋はその声音から、彼の戸惑いを感じ取る。椋自身も同じ気持ちだ。

困惑気味の二人の様子に気づき、さらに真崎が説明を付け加える。

「SPTって、最近よくニュースになっているんだが、知らないかな?」

問い掛けに、広斗が首を振る。この家にはテレビがなく、新聞もとっていないため、二人とも世間の情勢には疎い。しかし、椋はその単語をどこかで聞いた覚えがあり、曖昧に頷いた。

「名前だけは、耳にしたことがあるような気がします。不勉強ですみませんが、どのようなものなんですか?」

「FBIで、霊能力者を特殊捜査員として迎えたSPTというチームが結成されたのだが、このチームがすごく実績を上げていると話題なんだ。それを日本の警察でも取り入れようということでね。アメリカと同じ方式を採用し、霊能力者に捜査の方針を全面的に委ねるチームの運用が、今回実験的にはじまるんだよ」

「なるほど。そのSPTを日本版にしたものが、真崎さんが係長になられるという異能係なんですね」

広斗がまとめた情報に真崎は頷いたが、そこで彼はいっそう表情を曇らせる。

「ああ。そのとおりなのだが……わたしはどうも、我々が協力を要請する霊能力者が信用ならないんだ」

「それは、俺からは何とも言い難いですね」

深く考える前に、椋は思わずそう呟いていた。

自分の身に実際起こっている現象によって、世の中には科学では説明がつかない類のものが存在することを、椋は身に染みてわかっている。だが同時に、一般的な感覚として霊能力者を訝かしむ気持ちもわかる。

しかし、過去に誰よりも椋の幻覚を信じて犯人逮捕に尽力した真崎が、霊能力者を受け入れられないと言っていることには違和感を覚えた。

と、そんな椋の考えを察したように、真崎が言葉を続ける。

「ああ、一つ誤解はしないでもらいたいのだが、わたしも椋くんの力を目の当たりにしたことがある身だ。超能力が存在することはわかっているよ。そもそも、うちの署に異能係が作られることになったのも、わたしが係長に就くことになったのも、元を辿れば椋くんとのことがあったからなのだ。だが……」

そこで真崎は一呼吸入れた。コーヒーを飲んでからカップを置いて両手を組み、テーブルに肘をつく。

「今回パートナーとなる霊能力者の名前を、宮司紫王という」

椋ははじめ、告げられたそれが名前だと認識できなかった。

「宮司をしている方なんですか?」

「いや、彼本人は違う。宮司というのが苗字だ。紫の王様と書いて紫王が名前だそうだ」

「それはまた、漢字からしてもすごい名前ですね。芸名……?　とかいうやつでしょうか」

霊能力者の名を芸名と言うのかはわからないが、イメージのために本名とは違う名をつけている可能性はありそうだ。そう思って問いかけた椋だったが、真崎の返答は否だった。

「本名だ。御嶽神社で代々宮司をしている家系の者で、警察上層部との付き合いも長いという話だ。それで今回、異能係の外部パートナー第一号として選ばれた。直接出会った相手の守護霊と会話ができるらしい」

本物の刑事の口から、霊能力者だの、守護霊だのという単語がぽんぽんと出てくる。冗談を言われているような気にもなってくるが、椋は精一杯の誠意をもって、その言葉を聞いていた。

「真崎さんはもう会ったんですか？　その、宮司さんと」

「ああ。まだ二十三歳の青年だが、実年齢よりもしっかりしていてね、物腰も柔らかく、人好きのする好青年という感じだったよ」

真崎はそこで一度言葉を途切らせると、薄い微笑みを浮かべたまま、続く声のトーンに批判めいたものを混ぜる。

「会話をはじめてすぐ、わたしの守護霊と会話をしたのだと言ってきてね。わたしの娘を殺したのは、わたしの妻だと、大変な爆弾を落としてきたのだが」

突然語られたショッキングな台詞に、椋も広斗も言葉を失った。

そんな二人の様子を見て、真崎は笑みを深め、首を振ると、

「気を遣ってもらう必要はない。彼の言葉は嘘だ。わたしの娘は、事故で亡くなったんだ」

と言った。その声には抑えきれない怒気を孕んでいる。

椋は九年間真崎と会っていなかったし、あの事件のときも、真崎のプライベートなことはなにも聞いていない。そもそも彼に娘がいたことすら知らなかった。故に、彼とその家庭にどんなことがあったのかはわからない。しかし彼の口ぶりからすれば『真崎の娘が亡くなっている』ことは事実なのだろうと推測できた。

「……それで、宮司さん？　のことを、個人的に信用がならないと？」

　椋からの問いかけに真崎は頷く。

「そうだ。だが、異能係は常識の観点から外れた事件を解決するチームだ。外部パートナーの能力を全面的に信じて捜査を進めていく必要がある。係長であるわたしがパートナーを信じられなければ、求められている真っ当な捜査を進めることはできないだろうと思う。だから……」

　真崎の視線が、目隠しで塞がれている椋の目元を、まっすぐに見据えた。

「わたしが信用している能力を持つ椋くんに、異能係の外部パートナーの一人として、協力を頼みたい」

　ここまで、自分に何の関係があるのかと思いながら語られる説明を聞いていた椋だったが、急に向けられた話の矛先に押し黙った。困るとか、嫌だとかいう感情の前に、まだ状況が飲み込めていない。すかさず反応を示したのは広斗の方だ。

「真崎さんって刑事さんですよね。でしたら、捜査する事件は殺人でしょうか」

「内容は多岐にわたるだろうが、大きいものは、そうだ」

「それってつまり、椋さんをわざわざ殺人現場に行かせて、人が殺されたときの光景を見せるってことですよね」

　椋が捜査で行うことの内容詳細を確認する広斗に、体を強張らせる椋の様子を見ながらも、真崎は言葉を重ねる。

「椋くんにとって、そうすることがどれだけ辛いかは、わたしも理解しているつもりだ。しかし、今日こうして椋くんの様子を見て、わたしはこの申し出が、椋くんのためにもなると確信したよ。いつまでも目を閉じ、家に引き篭もっているのは健全なことではないと、わたしは思う。外部パートナーになればもちろん警察から正式に報酬が出る。立派な仕事になるんだよ」

真崎の言葉は、椋が常に感じ続けていた後ろめたさをグサリと刺した。そのまま黙りこくった椋とは対照的に、広斗は勢い込んで立ち上がり声を荒らげる。

「そんなのは、真崎さんの勝手な都合ありきの話じゃないですか。親切ぶってらっしゃいますけど、椋さんのことは俺が一番わかっています。突然やってきた貴方に、とやかく言われる筋合いはありません」

広斗の低めた声や、ここまでの強硬な態度は、長年彼と共に過ごしてきた椋もはじめて接するものだった。だがもちろん、現職の刑事が一介の大学生に気圧される訳もない。真崎はソファに座ったまま、落ち着いた様子で広斗を見上げている。

「いまは広斗くんがいて、こうして椋くんの身の回りのこともできるから、それでいいかもしれない。けれど、広斗くんがいなくなったら、椋くんはこの家に、一生一人で閉じこもり続けるのかい？」

「俺は、椋さんのそばから離れたりしません。絶対に」

　間髪入れずに広斗が言い返す。言葉には揺るぎない自信が満ちていた。その姿を、真崎がどこか眩しげな様子で目を細めて見る。

「広斗くんは大学生だったよね？　これから社会人になったら、勤務先が遠くなるかもしれない。仕事が忙しくなるかもしれない。色々な人と出会って、結婚するかもしれない。生活環境は間違いなく、どんどんと変わっていくはずだ」

「俺は……！」

「広斗」

　真崎の冷静な指摘に、さらに広斗の声が大きくなる気配を感じた。椋はそっと広斗の裾を引き、名前を呼んで止める。

「いいから」

　椋にとって、真崎が口にした内容はすべて腑に落ちることだった。わからされたというよりも、わかっていたこと。そして、ずっと考えていたことでもある。

　広斗は大学四年生だ。すでに今年の春先には内定も決まっていた。来年の春には卒業し、社会人になる。そうなれば、仮に同居をしたままであっても、もういまのように、椋の面倒をつきっきりで見るなんてことはできない。

　あの事件があった日から、椋はいつまでも世間の時間から外れて生きている。しかし広斗は、そういうわけにはいかないのだ。

「椋さん、俺は本気で一生……」

「その気持ちは嬉しいんだが、俺はお前を縛る存在ではいたくねぇよ」

軽く笑いながら、椋は広斗の言いかけた言葉を受け流す。さらに続けて広斗の裾を引くと、彼は促されるまま、大人しくソファに座り直した。

気まずい沈黙が流れる。

椋は軽く咳払いをすると、一度姿勢を正してから顔を上げた。

「俺を過大評価していただいて申し訳ないのですが、俺自身は、これを能力だなんて立派なものだと思っていないんですよ」

これ、と言いながら自分の目隠しをしている目元を指差す。その口元には、薄い自嘲の笑みが浮かんでいる。

「当時お話したことについて、真崎さんがどこまで憶えていらっしゃるかはわからないのですが。俺のこの目は、あの当時からなにも変わっていません。見ようと思って見ることもできなければ、見ないことを選ぶことすらもできないんです。自分の意思に反して、日常に支障をきたす程の幻覚を見るなんて、こんなのはただの障害だ。仕事にできるとも思えないし、真崎さんのお役には立てません」

その言葉は、卑屈になっているのではない素直な椋の気持ちだった。

返答ははっきりとした断りであるが、ここまで訪ねてきた真崎も、そう簡単に折れはしなかった。

「しかし、椋くんが見ているものはただの幻覚ではない。たしかに過去、実際に起こったことのある事実だ。それは、わたし自身が証明できる。先程も言ったが、九年前にあの事件の犯人を見つけたのは、間違いなく椋くんの力だ」

再度繰り返される言葉に、椋の瞼の裏には男の顔が浮かんだ。父を、母を、姉を殺した、それまで一度も見たこともなかった男。しかし、もう二度と忘れることができない顔。

脱衣所で姉の死体を見つけたあと、椋は、自分が見たものが何なのか理解ができなかった。ただ警察に通報し、現場に到着した警察官によって保護された。移動中を含め、入院先の病院でもさまざまな幻覚を目にし、自分の身になにか変化が起きたことを悟った。そして、病院の場所柄と絡んだ幻覚の内容や、看護師から話を聞いたことを照らし合わせ、自分の幻覚がただの幻覚ではないことを完全に理解したのだ。

後に警察で『霧生家惨殺事件』と名付けられたあの事件は、殺害方法に残虐の限りを尽くしていた割に用意が周到で、身元の特定につながるものを、犯人はなにも残していなかった。椋のスリッパが玄関からなくなっていたのも、犯人が椋のスリッパを履いて家に上がり、そのまま持ち去っていたからであった。

そのため当初は、家族の誰かに怨恨のある関係者が犯人だろうと考えられ、身近なところから捜査が進められていた。椋の目撃証言がなければ、勤めていた会社が家に近かったというだけで、まったくの無関係だった男の逮捕には至らなかっただろう。

真崎の説得の声には次第に熱が籠もりはじめる。

「たしかにこのお願いは、わたしの勝手な都合だよ。わたしが仕事を円滑に進められるように、君に協力をお願いしたいというだけの話だ。だけどこうして久しぶりに椋くんに会って、いまでも君が、この家に篭り続けていると知ってしまったから。外へ出るべきだと思うのも、またわたしの心からの気持ちだ。椋くんは、ずっとこのままで良いと思っているのかい？」

椋は口の中に溜まっていた唾液を嚥下する。直視したくなかった自分の不甲斐なさや弱さを、真正面から突きつけられている。

「このままで良いとは、思っていません……。でも、俺の制御できない目がお役に立てるとも思いません」

広斗は口を挟みはしなかった。ただ、膝のあたりで握った彼の手に、感情を抑えるように力が籠もり続けている。広斗は基本的に穏やかな性格をしており、普段の生活では苛立ったり、怒ったりということがほぼない。しかし、椋に関することとなると、過剰な防衛反応を示す。

いま、真崎は紛れもなく椋を苦しめている。そのことについて広斗は怒っているのだ。真崎の言葉が善意から出ているものであろうが、言っていることが一般論として正しいものであろうが関係ない。

椋の力のない返事に、真崎は少しばかり考えるように下を向いていた。だが意を決すと、ソファに置いていたジャケットを探り、そのポケットに手を差し入れた。

「力に自信がないというのが断る理由ならば。はじめからパートナーの契約を結ぶのではなく、まずはお試しという気持ちでいい。明日からはじまる事件の捜査に参加してみてはもらえないだろうか。明日の朝、九時に家まで迎えに来るよ」

真崎は、ジャケットから取り出した名刺を広斗へと差し出した。広斗は一瞬思案し椋を見たが、なにも言わずに受け取るだけ受け取った。

「わたしへの連絡先は、いま広斗くんに渡したよ。今夜考えて、どうしても嫌だということなら、そこに電話をくれ」

「真崎さん、随分強引なんですね」

その真崎の振る舞いに、椋は力を抜いて浅く笑う。

「うん。なんだか急かすようなやり方ですまない。でもね、わたしは椋くんの力を信じているんだよ。君ならば、その力を人のために、有効に役立てることができるはずだ」

「人のため、ですか」

いままで考えたこともなかった発想に、椋は思わず復唱する。

真崎は力強く頷いた。

「椋くんにその力が宿ったのは、あの事件がきっかけだよね。そういった超常のことに疎いわたしが言うべきではない、ということは百も承知の上で言うが。わたしは、亡くなっていった君のご家族が、椋くんに必死のメッセージを送った結果なのではないかと思うんだ」

椋は無意識にそっと、下唇を噛んでいた。真崎が口にしたようなことを、いままで一度も考えなかった、ということはない。

人はなにかの現象が起きたとき、それがまったくの偶然であったとしても、必ず因果関係を考えてしまう。

例えば良いことが起こったら、そのとき持っていたキーホルダーをラッキーグッズだと捉え、悪いことが起こる前に横切った猫を不吉の象徴だと考えだす。事件が起こったときに力が宿れば、事件がきっかけだと思うし、その理由にも何らかの意味を見出してしまうのだ。

だが結局のところ、なにが正しいのかはわかりはしない。それらはすべて、自分を納得させるためだけのものでしかないのだから。

「これだけの年月が経ち、それでもまだ椋くんにその力があるのなら。きっとその力は、無念の死を遂げた別の誰かの、それこそ必死のメッセージを受信しているということではないだろうか」

「そうでしょうか」

椋は、心がどこか遠くに行くような感覚に囚われながら呟く。だが、次に続いた真崎の言葉に、ハッと息を呑んだ。

「犯人逮捕は、遺族の心を、ほんの少しだけでも癒やしてくれる」

「真崎さん……」

「わたしは、そう信じて刑事を続けている」

強く言い切り、真崎はソファから立ち上がった。

「明日、迎えに来るよ」

念を押すような真崎の言葉に、戸惑いながらも椋は頷く。

「わかりました」

隣の広斗が椋以上に複雑な表情をしていたが、ついに口を出すことはなかった。

真崎は再びジャケットを手に取り、柔らかく微笑む。

「明日は泊まりの支度をしておいてくれ。それでは、今日は失礼するよ。長らく邪魔をしたね」

椋をリビングのソファに残したまま、広斗は真崎を玄関まで送っていく。

上がり框に立ち、革靴を履く真崎を見守る。

「真崎さん。本当に明日、椋さんを迎えに来るんですか」

問いかけの声は低く、まるで椋に聞かせたくないもののように潜められている。

「ああ。あとからどうしても嫌だと言われなければ、そのつもりだ。嫌だと言われても、迎えにくるだけ迎えにくるかもしれないがね」

「なら、そのときは俺も行きます」

靴を履き終えた真崎は、少し驚いたように目を瞬いてから、広斗を見た。彼は一切引かないという確たる姿勢を示している。

「部外者は困る、と言ったら？」

真崎の試すような問いかけに、広斗は声を絞り出す。

「真崎さんは、椋さんが力を使うことの辛さを理解しているつもりだと言ってましたけど、俺から言わせて貰えば、一ミリも理解できてませんよ。椋さんが、どれだけ苦しんでいるのか……本当は殺人現場になんて、絶対に行かせたくないんだ。それでも、椋さん本人が行くと言うのなら、俺は必ずそばで椋さんを支える。許可されなくても、車のボンネットにしがみついてでもついて行きます」

「君は本当に、椋くんのことが好きなんだね」

笑いを含んだ真崎の言葉。

「世界で一番」

茶化されても揺るがぬ真剣さで、広斗は応える。真崎はもう一度だけ目を瞬いてから、踵(きびす)を返した。

「それじゃあ広斗くんも、また明日」

最後の言葉には、言外に同行を許可する響きがあった。

玄関ドアが閉まり、真崎の姿が消えてから、広斗はようやく大きく息を吐き出した。人当たりは良いものの、真崎は刑事らしく、本心ではなにを考えているのかよくわからないところがある。

広斗がリビングへ戻ると、椋は、話の途中から置きっぱなしになっていたホットサンドの残りを食べているところだった。

「冷めちゃいましたね、ホットサンド」

「それでも美味いよ」

優しい椋の返事に、

「良かった」

と笑いながら、広斗は先程まで真崎の座っていた方のソファに腰掛けて、椋を見つめた。真崎が残していった言葉について色々と言いたいことはあるが、そのすべてを飲み込む。それは椋を気遣ってというよりも、椋が自分の作ったものを食べている姿を見ているこの時間が、広斗にとってもっとも優先したいものだったからだ。

椋がホットサンドを食べる微かな音だけが響く、静かなリビング。この家には、テレビが存在していない。

椋が見られないからという理由もあるが、テレビの音自体が椋のトラウマを引き起こさせるので、広斗も見ないように置いていないのである。曲をかけるか、まったくの無音かという生活を長く送っている二人にとって、二人の間に流れる無音の時間は気まずいものではない。

不意に、椋が呟いた。

「真崎さんに、恥ずかしいこと宣言してんなよ」

「聞こえていましたか」

「この距離で聞こえない訳ないだろ」

ぶっきらぼうな言い方が椋の照れ隠しのように感じられて、広斗は微笑んだ。

4

壁にかかっている時計は六時半を示している。広斗はいつものように、夕飯を作るためにキッチンに立っていた。

リビングからはリストの『ラ・カンパネラ』を奏でるピアノの音が聞こえてくる。CD音源かと思う程に見事な演奏だが、これはリビングに置かれたアップライトピアノで、椋がいま実際に演奏しているものだ。

楽譜も鍵盤も見ずに、音を聞いただけでピアノを奏でられるのが椋の特技だ。空いているほとんどの時間をピアノに費やしている椋の演奏は、もはや素人の域を超えている。だが、それを人前で披露したことはない。広斗だけが聞ける贅沢な音色である。

心地よい音に耳を傾けながら、ズッキーニとナスは半月切り、パプリカは乱切りに、セロリと玉ねぎは等間隔に小さく、大蒜は薄く切っていく。包丁を下ろすたび、小気味良い音がピアノの音色に沿うようにキッチンに響く。まな板の上に夏野菜の彩りが広がっていくのを見ると、広斗の心まで弾むようだ。

切ったズッキーニ・ナス・セロリをボウルに移すと下味をつける。愛用のフライパンを火にかけ、垂らしたオリーブオイルを熱すると玉ねぎと大蒜を入れて、オイルを回しながら炒めていく。香ばしい匂いが漂ってきた。

ボウルの中の野菜とパプリカを順に入れて炒め、それらがしんなりしてくるのを見計らって、ホールトマトを潰しながら加えていく。炒めながら、材料を加えるごとに香りが豊かになっていく変化が楽しい。軽く混ぜ合わせ蓋をしてから、コンロのつまみを回して弱火に抑えた。

一息ついた広斗は、今度は冷蔵庫へと向かう。昨晩から仕込んで冷蔵庫の上段に入れておいたのは、白ワインをベースにしたタレに漬け込んだスペアリブだ。

オーブン皿にクッキングシートを広げ、そこに汁気をきったスペアリブを並べていく。予め熱しておいたオーブンを開け、中へ入れる。冷蔵庫にマグネットで貼り付けたキッチンタイマーをセットして、あとは時間を見ながら少しずつ世話をするだけで、料理が二品できあがる算段だ。

待っている間に支度を済ませてしまおうと、二人分のランチョンマットにフォークとナイフを取り出したとき、ズボンの尻ポケットに入れていたスマートフォンが不意に震えた。スマートフォンを取り出し画面を見ると、大学の同じゼミに所属している友人から電話がかかってきている。画面をタップして、通話を開始した。

「どうした？」

広斗はキッチンの流し場に軽く凭れ、耳にあてながら問いかける。

『よっす、いま大丈夫？』

明るい声がした。夏休みに入って一ヶ月近く大学に行っていないせいか、広斗にはその華やかな同級生の声が、自分よりも遠い存在のように感じられた。

「うん。ちょっとなら」

『明日さ、合唱サークルの女の子たちとバーベキューしに行くことになったんだけど、広斗も来ない？』

なんとなく予期していた言葉だ。広斗は、

「あー……」

と一度言葉を濁したが、どうしようか考えた訳ではない。ただなんとなく間を繋いだだけだ。

「明日は予定があって行けないんだ、ごめんな」

『バイト？』

「いや、ちょっと」

曖昧にごまかすと、電話の向こうでため息が聞こえる。

『もしかして、また椋さん？』

「そうだけど」

椋と一緒の約束には違いないが、それだけでもないので言葉が濁る。明日は刑事が迎えに来るので殺人事件の捜査に同行するのだ、などということを説明する気はない。

ただ、友人が椋の名を出したときの声のトーンが、なんとなく気に食わなかった。

『広斗ほんとそればっかりだよな。ちょっと異常だぜ』

「うーん……俺にとってはこれが普通だから」

少しばかりカチンとはきたが、別段その苛立ちを表に出したりはしない。広斗の声は一定のトーンで続いている。広斗にとっての椋の存在の大きさを友人に説明する気はない。

『男女の人数合わなくてさ、女の子達も、お前と話してみたいって言ってるんだけど？』

「ごめんな、また今度誘って」

不満げに言葉を続ける友人に広斗は淀みなく返事をするが、悪いとも思っていなければ、また誘ってほしいとも思っていない。ただ広斗は幼い頃から、人の機嫌を損ねないことと、場の空気を読むことに長けていた。それは、生まれついたものもありながら、家庭環境的に自然と鍛えられたものである。

『仕方ねぇな。また今度、絶対だぞ』

「うん、ありがとう。またな」

ようやく諦めたらしい友人の言葉に、思ってもいない感謝の言葉を付け加えて早々に切り上げる。

広斗にとって大学というのは、親の手前行かねばならない場所であって、自分の本来いるべき場所という認識ではなかった。そこでの人間関係も、生活する上で必要があるため問題ないように構築しているが、それ以上の存在ではない。同年代の女子にも興味はなく、広斗の眼中にあるのは、ただひたすらに椋一人だけなのである。

通話を切ったスマホを無造作にポケットへしまうと、改めて手を洗ってから、出しかけていたカトラリー類を手にリビングのテーブルへ向かう。鮮やかな黄緑色のランチョンマットを敷いた上にカトラリーを並べ、冷蔵庫からミネラルウォーターを出して用意する。いくらテーブルセッティングに拘ろうと椋が目にすることはないのだが、これは広斗の気持ちの問題である。

椋の奏でるピアノは、いつの間にかショパンの『英雄ポロネーズ』に変わっている。この勇壮な音色は広斗の好きな曲だ。広斗は元々クラシックを嗜む趣味はなかったのだが、一緒に住むようになり、椋が日常的に奏でる曲はすべて把握できるようになった。

ピアノの音色を聞きながらのんびりとテーブルセッティングをしていると、控えめなタイマーのアラームに呼ばれてキッチンへ戻る。

オーブンを開けると、オレンジ色の光に照らされて焼き色のついたスペアリブが待っていた。まだできあがってはいないが、すでに美味しそうだ。様子を窺いながら、肉の上にアルミホイルを乗せる。再度オーブンを閉めると、その間にフランスパンを切り、皿に乗せた。

先程置いておいたフライパンの火を消して蓋を取り、軽くかき混ぜながら塩コショウで味を整える。トマトの中で馴染む、色鮮やかな夏野菜のラタトゥイユのできあがりだ。こちらも皿によそって、パンと一緒にテーブルへと運んでいく。

最後に、焼き上げたスペアリブをオーブンから出し、タレをかけて皿に盛る。コップと共にテーブルへ運んだとき、ちょうど一曲弾き終えて、ピアノを奏でる椋の手が止まった。

「椋さん、ご飯できましたよ」

「ありがとう。いい香りがしていたから気になっていた」

広斗が様子を見計らって声をかけると、椋は穏やかな声で返事をしてから、ピアノの蓋を閉めてソファへ移動してきた。

「今晩はラタトゥイユとスペアリブを作ってみました。フランスパンはまだあるので、足りなかったら教えてください」

「わかった。ありがとう」

広斗と椋が座る位置は決まっている。広斗は椋を待つようにソファに座りながら、説明のたびに、椋の方の皿をコトンと置き直す。

「いただきます」

「いただきます」

二人の声が揃った。

だが広斗は、食べはじめるそぶりもなく椋の様子を見守る。

ナイフとフォークを使い、スペアリブを器用に骨から外して口元へ運ぶ椋の姿は優雅だ。とても視覚を塞いでいる人物の所作とは思えない。広斗は、椋の唇に自分が作った料理が挟まれ、その中へと入っていく姿を見るのが好きだった。

数回の咀嚼の後、椋は微かな吐息を漏らす。

「美味しい。肉がすごく柔らかいな」

「良かった、昨日から漬け込んでおいたかいがありました」

料理の感想を聞いて満足し、広斗はようやく自分もカトラリーを手に食べはじめる。

たしかに少し力をかけるだけで、骨から簡単に肉が外れる程に柔らかい。

広斗も広斗で器用にフォークとナイフを使って食事をするのだが、その視線は自身の前にいる椋から離れない。

話したことはないが、広斗は、いつか椋が目隠しなしで生活できたら良いと思っていた。だが『いくら見つめていても文句を言われない』という点に関しては、椋が目隠しをしていることに感謝もしていた。

椋のフォークがラタトゥイユに伸び、ズッキーニとパプリカをまとめて刺すと、口元へと運んでいく。

「……ん。これ、俺が前に美味しいって褒めたやつだな」

「ラタトゥイユ、ですね。そうです。椋さん、俺が作ったものはけっこう何でも褒めてくれますけど、これは特に気に入っていたのかなって」

「ラタトゥイユ」

広斗の言葉に、椋は肯定も否定もしない。ただ、料理の名前を確かめるように復唱した。

「そんなに憶えにくいですか？」

「聞き慣れないから」

照れ隠しをするかのように、二口目のラタトゥイユが口の中へ入る。

「忘れてしまったら『あれ作って』で俺はわかりますよ」

広斗は笑って応えた。

それからしばらく黙々と食べ続けたあと、椋がぽつりと呟く。

「さっきの電話、友達か？」

「え。ああ、聞こえていましたか？」

「俺の耳の良さは知っているだろ」

「そうですね」

椋は視覚を遮断した生活を長年続けているせいか、その他の感覚が鋭くなっている。こういったことは日常的にたびたびあった。

「明日、別にお前は来なくても良いんだぞ」

昼間も似たようなやりとりをしたな、などと思いながら問いかけに相槌を打っていた広斗は、ぽつりと追加された椋の言葉に、少しだけ眉を下げた。

「俺が行きたいんです……椋さんは、本当に大丈夫なんですか？」

「なにが？」

広斗がなにを問いたいのかわかったうえで、椋は問う。

話をしている間、広斗の脳裏には、椋とはじめて出会ったときの彼の姿が思い出されていた。家族を失い、凄惨な事件現場を目撃してしまったばかりか、その殺害時の映像までも当事者の目線で見てしまった椋。犯人が逮捕されて退院してきたあとも、その精神は半ば崩壊しかけていた。

人形のように綺麗な顔立ちを悲愴感に染め、一日中目を閉じたままぼうっとする。

そんな椋の姿は子供心にも切なくて、広斗は、椋にただじっと寄り添い続けた。あのとき広斗が己の心に誓った気持ちは、九年という歳月が経っても変わっていない。

「辛くはないですか？　俺は椋さんに、辛いことをして欲しくないです。昼間も言いましたけど、俺は一生椋さんのそばにいます。俺は来年には働きはじめますし、仕事とかお金とか、そういうことは気にしなくてもいいんですよ」

　広斗の心からの訴えに、椋は少しだけ笑う。

「俺も昼間言ったが、俺はお前を縛り付けたくない。お前がそう思って俺のそばにいてくれるのは嬉しいと思っているが。いつかお前が、別の誰かのところへ行きたいと思ったとき、気兼ねなく行けるような状態でありたいんだ」

「そんなときは来ません」

　言葉を重ねるように即答したが、椋はゆるく首を振った。

「俺の気持ちの問題だよ。あと……ずっと家に引きこもり続けるのも、飽きた」

　続いた言葉には、どこか冗談めかしたような色が含まれている。

　だが、殺人現場を見ようとする椋の気持ちがそんなに軽いものではないことを、広斗はよくわかっている。殺された人が見ていた最後の光景を見せられるのは、その手のトラウマがない人間でも恐ろしいものだ。あまつさえ、椋は殺人事件の遺族なのである。強烈すぎる体験と心的外傷は、いくら月日が経ってもなくなるものではない。

　視覚をすべて捨て去って生きることが、どれだけ大変なことか。そしてその大変な生き方を選択していること自体が、不意に見る幻覚が椋にとっていかに辛いかを明示している。

まったく納得していない広斗の空気感を感じ取ったように、パンを齧りながら椋は言葉を続ける。

「正直。真崎さんの、遺族の話は胸にきた」

「真崎さんが刑事を続けている理由、ですか」

椋は頷く。

「俺もさ、よくわかるんだ。犯人が逮捕されたって、死んだ人は帰ってこない。でも、真崎さんが犯人を捕まえてくれたとき。俺の心の中で、一応なにかが終わった感覚がしたんだ」

口を挟むことはできず、広斗は黙って話を聞く。

「だから、もし本当に……俺の目が役に立つのなら、使ってみるかって、思ったんだ」

それから、椋はまた軽く笑った。

「行ってみたら何の役にも立たないかもしれないけどな。見えるとも限らないし。いままで、見たいなんて思ったこともないから」

言うべき言葉に少しだけ迷って。しかし、広斗は確信をもって声を発する。

「俺は、椋さんのことを信じています。椋さんが見たいと願うなら、きっと見えますよ。俺的には、見えないほうが嬉しいですけど」

「ああ。そうだな」

それからまたしばらく、二人で黙々と食事を続ける。

椋が最後の肉のかけらを嚥下したのを見届けて、広斗は新しい提案をした。

「椋さん。明日は、その目隠しをしたまま出かけませんか」

顔を上げ、椋は首を傾げる。

「目立つだろ」

目隠しをして外を歩き回っている人などいないので、その姿は奇妙でよく目立つ。だからこそ、外出時はいちいちサングラスを付け直しているのだ。

「でも、椋さんにとってはその姿が一番自然体じゃないですか。わざわざ関係のない人のために、椋さんがスタイルを変える必要はないと思うんです。俺は、椋さんが一番楽な姿で出かけて欲しいなと思います」

カトラリーを下ろすと、椋は片手でそっと目隠しに触れる。指先に伝わってくる、滑らかなシルクの感触。これをしていれば、見たくないものを不意に見てしまうことがないという安心感がある。守られているような感覚がして、気分が落ち着くのだ。

悩む椋の様子に、広斗は言葉を重ねる。

「それに、明日は刑事さんと一緒ですよ。警察のパートナーとして出かけるんですから、人目なんて気にしないで大丈夫です」

それからまた少しの逡巡をしてから、椋はゆっくりと頷いた。広斗が自分のことを心底気にかけてくれているのは、椋もよくわかっている。今回のことで椋の受ける負担を少しでも減らしたいのだ、という広斗の気持ちは伝わっていた。

「そうだな、そうしよう」

「良かった。真崎さん、泊まる支度しとけとか言っていましたよね。泊りがけになるんでしょうか」

「そもそもどういう所に行くのかも聞いていないからな」

「真崎さんに電話して、ちょっと準備について聞いておきますね」

「ありがとう……広斗」

「はい？」

真崎から渡されていた名刺を取り出そうとしていた広斗は、名前を呼ばれて手を止める。改めて椋を見ると、その整った面差しには、柔らかな微笑みが浮かんでいた。

広斗は思わず見惚れる。黒の布に目元を覆われていてなお、椋は美しい。広斗が椋に惚れ込んだ理由は無論顔だけではないが、顔も半分くらいはある、というのが広斗の正直な気持ちである。

「ありがとう。本当に……俺のそばに、いてくれて」

どこか恥ずかしそうに、しかし、はっきりと直球で告げられた感謝の言葉。

広斗は数回目を瞬いてから、笑った。

「俺がしたいようにしているだけですから。一生、そばにいますからね」

「それは、考えておく」

二人で小さく笑う。

食事を終えた椋は、またピアノを弾きはじめる。

広斗は美しい音色に耳を傾けながら片付けを済ませると、真崎に連絡して、事情を聞いたうえで翌日の支度へと取り掛かった。

二人だけの穏やかな夜が、更けていく。

第二章　霊能力者

1

椋と広斗を乗せたシルバーのセダンは、長いこと森の中を走っていた。細い山道の前後に車はなく、対向車もほとんど通らない。

後部座席に座り、広斗は車窓の外を流れる景色を目で追っていた。夏の盛りを感じさせる木々の青さは目に鮮やかだ。隣に座っている椋は家を出て早々に眠ってしまい、頭を広斗の肩に預けている。広斗には椋の心地よい重みが嬉しい。

「椋くん、寝ちゃいました？」

運転席から抑え気味の声をかけられ、広斗は車の中へと意識を戻す。

「車酔いしやすいみたいです。景色も見えないので」

「なるほど。じゃあなおさら、寝ていたほうがいいですね」

運転しているのは、真崎の部下であり異能係に所属する刑事である丸山省吾（まるやましょうご）。今朝家に迎えに来たときに会ったのが、椋も広斗も初対面の相手だ。

丸山は三十五歳で、真崎と同じくらいの背丈をしている。年下である椋と広斗に対しても腰が低く、肉付きの良い体型も相まって、とても刑事には見えない優しげな顔つきの男性だ。

「お前は寝るなよ。ほら、これ飲んどけ」

「ありがとうございます」

助手席に座るのは真崎だ。彼は取り出したエナジードリンク缶のタブを開けると、久々の赤信号により停車したタイミングで丸山へと差し出す。真崎の丸山に対する態度は、椋や広斗に対するものとは明らかに違う。冷たくしているわけではないが、上司と部下という関係がはっきりしていた。

「到着まで、あとどのくらいですか？」

広斗が問いかけると、今度は真崎が答える。丸山は言われたとおりに、ゴクゴクと音を立ててエナジードリンクを飲んでいる。

「現場まではあと一時間くらいなんだけどね、現場に行く前に打ち合わせをしておきたいと思っているんだよ。あと二十分くらいでレストランに着くから、一度そこで降りて、昼食がてら説明をさせて欲しい」

丸山がエナジードリンクの缶をドリンクホルダーに入れると、信号は青へと切り替わった。車がスムーズに発進する。丸山の運転は上手く、同乗者に振動によるストレスを与えない

「宮司さんともそこで合流ですよね」

丸山が追加した情報に、真崎の表情が僅かに曇った。真崎は、助手席側の窓に軽く頬杖をつく。

「そうだな」

「宮司さんって、例の霊能力者さんですよね？」

「なんでも彼は自分の車で来るってことだったのでね。レストランで合流したあとは、車二台で現場に行くことになるよ。彼のこともそこで紹介させてもらう」

広斗が問いかけると、真崎は淡々とした声で応えた。

丸山は真崎の機嫌の変化などまったく気にせずのほほんとしているが、車内の空気感を察して、広斗が話題を変える。

「随分遠いんですね、その現場。もうけっこう走っていますし」

「直線距離的にはもっと近いんだけどね、陸の孤島っていう奴かな。これから行くレストランを越えたら、そこから先一帯の土地は全部、これから向かう現場の家主の私有地らしい。だからこの辺りも、あんまり車通りが多くないみたいだね」

説明された言葉に広斗は目を瞬く。

「えっ。相当なお金持ちの家ってことですか？」

「そうだね。現場の家も、行ったらびっくりするんじゃないかな。個人の家というよりは、洋館と呼んだ方がいい感じの場所だよ」

「真崎さんと丸山さんは、もう行かれたことあるんですか？」

運転を続けながら、丸山が答える。

「いいえ、自分たちも今日がはじめてです。写真では見たんですけど、証拠写真で見ただけでもすごかったですよ」

「わたしも、ここまでのランクの金持ちの家に行くのははじめてだな。住む世界の違うような人の生活を垣間見られるのが、刑事の面白いところの一つかもしれないね」

「へー。こんなことを言うのは不謹慎ですけど、ちょっと楽しみです」

広斗の素直な言葉に、真崎と丸山は共に小さく笑う。

それからまた、車内には沈黙が落ちた。適度な会話を経たおかげで、それは居心地の悪いものではなくて済んだ。車が変わり映えしない森の中を走り続けると、しばらくして少し洒落た山小屋のような、小さな建物が見えてきた。

丸山はウィンカーを出すと、ハンドルをきってその駐車場へと入っていく。

「椋さん、起きてください、レストランに着きましたよ」

広斗が軽く肩を揺らしながら声をかけると、椋はすぐに体を起こした。

「ん……レストラン？」

「現場までもうすぐなんですけど、昼食がてら説明があるそうです」

広斗が先程聞いた話をすると、椋は頷いて、杖を携え車から降りる。車のドアを開けると、蝉の声に囲まれる。森の中にあるからか、家の近くよりも気温は低く感じられた。

広斗は反対側のドアから車を降りると、すぐさま車を回り込んで椋のそばへと向かった。その途中、駐車場に停まっているスポーツカーが視界に飛び込んでくる。ピカピカに磨き上げられた紫色の車体は目立っていて、鄙びたレストランの駐車場にはあまりにも不釣り合いだ。

「宮司さん、もう来ているみたいですね」

丸山もまたそのスポーツカーを見ながら、真崎へと話しかける。

「そのようだな」

真崎は興味なさそうに短く言葉を残し、強めに車のドアを閉めると、レストランの入り口へ歩いていく。

広斗は二人の様子を見て、あのド派手なスポーツカーの持ち主が、例の霊能力者なのだろうと察した。ただ足を止めずに椋のそばへとやってくると、杖を持っていない方の椋の手に自分の腕を差し出す。

「椋さん。行きましょう」

「車に乗ったの、すごく久々だってことを思い出した」

自然と広斗の腕に手を添えた椋は、どこか寝ぼけたような声で呟いた。

「大丈夫ですか、酔いませんでした？」

「ずっと寝ていたけど、ちょっと酔ったかもしれない」

「休憩挟めて良かったですね」

本人の言葉どおりに足元のふわふわとしている椋を連れて、広斗は真崎と丸山の後に続く。

ベルのついたレストランのドアを開けて中へと入ると、心地よい温度の冷房が効いていた。店の中はそこそこの広さがあるが、それぞれの席についている仕切りが高いのも相まって、客の姿は視界に入らなかった。

座席のソファは深紅のベルベットの布張りで、天井からは電球色のペンダントライトが下がっており、クラシカルな内装は老舗の雰囲気を醸（かも）している。

ベルの音を聞きつけて、年配の店員が近寄ってきた。先に入った真崎が先客について尋ねると、コの字型をしたボックス席へと案内される。

ボックス席の奥に、青年が一人座っている。彼は近づいてくる真崎たちに気づくと、人好きのする爽やかな笑顔を浮かべた。

「お疲れ様です、真崎さん、丸山さん」

「宮司さん、どうもお待たせしました」

「いえいえ、全然」

丸山が言葉を返し、ソファへと腰掛ける。

その会話により、広斗にも彼が宮司紫王であることがわかった。真崎から得ていた事前情報が意味深だっただけに、広斗はついまじまじと紫王を見つめてしまう。

紫王は、霊能力者という肩書がまったく似合わない、陽の気配を纏う青年だった。ドレープの入ったお洒落なシャツを着ていて、ファッション雑誌などでは『綺麗めカジュアル』と紹介されているような今風の服装だ。艶感のある明るい色の茶髪は強めにウェーブしているが、整えられていて清潔感がある。西洋風の印象がするはっきりとした目鼻立ちには、イケメンではなくハンサムという表現が適切だ。

真崎が丸山の隣に腰を下ろしたので、広斗と椋はその正面に並んで座る。

広斗はそこではじめて、紫王の視線が、まっすぐに椋へ向けられていることに気がついた。彼の眼差しの強さに、自分も紫王のことを観察していたことを棚に上げて、僅かにムッとする。

少し異常なほどの熱さで椋を見つめてから、紫王は口を開いた。

「君が話に聞いていた椋さん、ですね？」

「はい、そのとおりです。こっちが霧生椋くん、こっちがそのお友達の上林広斗くんです。椋くん、広斗くん、彼が宮司さんです」

丸山が引き継ぐようにしてお互いの紹介をするが、紫王はニコリと笑顔を浮かべながら呼び名を訂正する。

「紫王って呼んでください」

「よろしくおねがいします……紫王さん」

椋がその要望に応えて呼びかけると、紫王の笑みは深まった。厚めの唇から覗いた白い歯が眩しい。

「わー、嬉しいな。こちらこそ、よろしくお願いします。ところで、随分と素敵なムードの作り方ですね」

「ムード？」

唐突に語りかけられた話の意図が読めず、椋は戸惑う。

「そのアイマスクのことですよ。ミステリアスな椋さんの雰囲気を醸し出すのにピッタリだ」

彼の言わんとしていることを理解して、椋は俯く。

「ああ……これは別に雰囲気を出そうとしてつけている訳ではありません」

覚悟はしていたものの、注目を浴びてしまった自身の姿に、椋の声は自然と小さくなった。ミステリアスを自ら演出しているような言われ方をした気がして、ただ好奇の目で見られるだけよりも辛い。

　その隣で、広斗の表情がいっそう険しくなる。

「そうなんですか？　でも、こういう稼業をしていると、そういうイメージ作りって大切じゃないですか？」

　マイナスに傾く二人の様子とは裏腹に、紫王の声の調子には嫌味なところが一つもない。彼はただ、すべて本心から話しているのだ。

「俺は、霊能力者として活動している訳ではないので、そういうのはよくわかりません。ただ……」

　あの事件の後を除いて、椋はいままで、赤の他人に自分の能力を説明したことはなかった。加えて、目隠しの必要性を話すということは、この出会ってすぐの状況で、自分のできないことを晒さねばならない。どう話したものかと戸惑いながらも、椋は言葉を選ぶ。

「幻覚を見ない、ということを制御できなくて。物理的に目を閉じています。この目隠しは、不用意に目を開けてしまわないようにつけているものです」

「事前におおまかには聞いていたんですが、椋さんが持っているのは『その場所で死んだ人が、死ぬ直前に見た光景』を見る能力ですよね」

「はい」

　端的に自身の能力について確認され、椋は頷く。

「たとえば同じ場所で死んだ人間が複数人いたとして、どの人の死の直前を見るかとかも選べないんです？」

「選べません。もの凄く古いものを見るときもありますし、最近のもののときもあります。なにがどうして俺にこんなものが見えているのかも……よくわかりません」

例えば、現在から三年前までに限れば、一般的な市街地で人が死んだ場所というのは、そう多くない。

だがしかし、椋の能力に引っかかる『死』の範囲は広い。

古いものでよく見るのは、第二次世界大戦の空襲らしき映像である。過去には、さらに遡って侍らしき人の姿も見たことがあった。限界がどこにあるかを椋は把握していないが、かなり過去の死の記憶までを拾い上げてしまう能力であるが故に、どんな場所でも目を開けなくなっているのである。

制限があるとするなら、人以外の死の間際を見ることはないということくらいだ。

「椋さんの能力は、後天的なものなんですね」

少し考える間を置いて、紫王がしみじみと語った。

「どういう意味ですか？」

椋からの問いかけに、紫王はゆったりとした動作でテーブルに頬杖をつく。紫王の振る舞いは、この場にいる誰よりもリラックスしているように見える。

「僕の能力は先天的なものなんですよ。つまり、生まれたときから第六感が備わっているんです。すでに聞いているかもしれませんが、僕の能力は、直接対面した方の守護霊と会話をする、というものなんです。ただ、これは他人に説明しやすいように『守護霊』や『会話』と言っているだけで、本当に霊が目に見えていたり、口に出して会話をしたり、耳で言葉を聞いている訳ではないんですよね。正確には、第六感としか言いようがないもので感じるんです。あくまで僕の経験則ですけど、先天的に能力のある人はその第六感で感じるので、視覚、聴覚、触覚等とはどれとも違う感覚なんです」

流暢に語られる内容は興味深く、広斗をはじめ、他の全員が黙って紫王の言葉に耳を傾けている。途中で店員が水を運んできたが、その間も紫王は語りを止めることがなかった。

「しかし、後天的に能力が発現した人には第六感がないので、見たり聞いたり、元々在る感覚器官で物事を捉えるんです。だから、超常現象を目で見ている椋さんは、後天的に能力を得られた方なんだなーと思って。だからといって、なにがどう、という訳ではありませんが」

「なるほど……」

紫王の説明に、椋は純粋に感心した。自身にオカルトめいた能力が身につくという異変が生じてはいるが、そういった事柄にまったく関心なく生きてきた椋にとっては、真新しい世界に触れた感覚だった。

素直に話を聞く椋の姿を微笑ましげに見守りながら、紫王の瞳に好奇心の火が灯った。彼は僅かに身を乗り出し、椋へと顔を近づける。

「で、なにがきっかけで、その能力を手に入れたんですか？」

直接的な質問を受け、椋は言葉に詰まった。思い浮かぶのは事件のことだが、本当にあの事件が原因なのかはわからないのだ。椋は自分でも、その『力』の解析ができていないのだから。

そして、あの事件のことは、軽々しく説明できるような過去でもない。

「……そんなことを聞いて、どうするんですか？」

「ただ純粋な興味ですよ。警察に協力を要請される程の能力を持つ人なんて、そうそういませんからね。それが、後天的にどういう要因で備わるのかを聞いてみたいんです」

純粋な興味であると率直に答えられたことで、椋は、あの事件について紫王へ語る気がまったくなくなった。結果、椋の口から出てきたのは、

「そういうことは、守護霊は教えてくれないんですか？」

という、やや皮肉を含んだ問いかけだった。

だが紫王は気にした様子もなく、変わらず爽やかな微笑みを浮かべている。

「無断でプライベートに踏み込むのも失礼なので、一応、許可を得ないと守護霊の話は聞かないようにはしているんですよ。聞いても構いませんか？」

守護霊にあなたのことを聞いても構わないか、などと確認されたことがなかったので、椋は咄嗟に返事が出ない。

と、真崎が助け舟を出すよう、テーブルの上へメニュー表を広げた。

「自己紹介はそのくらいにしておきましょうか、宮司さん。ほら皆、昼食にしよう。椋くん、広斗くん、好きなものを頼んでいいからね」

「え、俺も奢ってもらえるんですか？」

話を向けられた広斗は、胸の奥で燻る不快感と紫王への敵意を押し殺し、努めて明るい声で問いかける。おかげで、張り詰めていたような場の空気が一気に変わった。

「自分も腹減っちゃいましたね！」

丸山もまた腹部を摩り（さす）ながらメニューを見る。丸山の場合は、広斗のように空気を読んだのではなく、あくまで天然な反応であったが。

「もちろんだよ。まあ、わたしが払う訳じゃなくて経費なんだけどね」

冗談めかす真崎の返答に、広斗は改めて喜びの声を上げてメニューを覗き込む。店の雰囲気に違わず、メニューには昔ながらの洋食がひととおり並んでいた。

「ハンバーグ、オムライス、カレーライス、ビーフシチュー、ナポリタン、ドリア、ラザニアがありますね。椋さん、なにがいいですか？」

メニューが見えない椋のために、広斗は抑えた声で問いかける。

「お前は何にする？」

「うーん、オムライスにしようかな」

「じゃあ俺もそれで」

「了解です」

小声で言葉を交わす椋と広斗とのやりとりを、紫王は興味深そうに見ている。その視線に気づき、広斗は正面から彼を見つめ返した。

「紫王さんはどうします？」

いかにも親切げに問いかけ、よそ行きの表情を浮かべながらも、広斗は内心で紫王への警戒感を深めていた。理由は勿論、椋を守るためだ。

広斗は、実は真崎と丸山のことも別段信用してはいない。しかし、いまの椋と紫王とのやり取りを目の当たりにして、紫王は最要注意人物に躍り出た。広斗にとってはなにより、紫王自身が椋に興味津々なのが気になるところである。

「僕も君たちと同じにしようかな。こういうお店のオムライスって美味しいんですよね」

「わかります。やっぱりデミグラスソースが違うんですよね」

　ごく自然に会話を合わせながら、広斗は空虚に笑い合う。

「自分はハンバーグセットにします」

　丸山がニコニコしながら後に続いた。

「君は本当、肉しか食べないね」

　全員の注文が出揃ったところで、真崎が呆れたような声を出しながら、片手を上げて店員を呼んだ。店名のロゴが入ったエプロンを身に着けた店員は、テーブルの横までやってくるとオーダー帳を取り出す。一行が先程からしていた怪しい会話は彼にも聞こえていただろうに、態度に出さないあたり、プロの対応だ。

　広斗がオムライスを三つ、ハンバーグセットをまとめて頼むと、真崎がラザニアと注文を続けた。ランチは無料で飲み物のセットがつくと言われ、選択した飲み物は全員が揃ってアイスコーヒー。店員がオーダーを確認し、去っていくのを見送ってから、真崎はジャケットの内ポケットから手帳を取り出した。

「料理が来るのをただ待つというのも何だから、これから行く現場で起きた事件について、説明をはじめてしまおうかと思うんだが、構わないかな」

　問いながら、全員の顔を見回す。

「紫王さんはもう、ご存知なんですか?」

椋は汗をかいているコップに口をつけ、冷たい水を口に含んだ。椋の車酔いは、いまになってようやく治まってきた。

「いや、僕の能力を使うための要望はすでにお話しているんですけど、事件の内容は僕も今日はじめて聞くんですよ。楽しみですね」

「そう……でしょうか」

現実の殺人事件についての説明を聞くとは思えない感想に、椋は同意しかねる。だが、紫王は特に気にした様子もなく笑顔だ。

先程から妙に噛み合わない二人の様子を眺め、真崎は肩を竦めながらも咳払いを一つ。手帳のページを捲りながら、話しはじめた。

2

事件が発生したのは、いまからちょうど一週間前。現場となったのは、イギリスから建物を移築してきたという、歴史のある洋館。愛着を込めて『緑青館（ろくしょうかん）』と呼ばれている。

緑青館の名付け親であり、持ち主である人間は、旧財閥系企業の流れを受け継ぐ御曹司で、安城幸太郎（あんじょうこうたろう）。歳は四十歳。彼自身も複数の会社の社長を兼任している実業家である。緑青館は彼の本宅ではなく、彼が複数所有している別荘の中の一つにあたる。しかし、金曜の夜に緑青館へ向かうのが安城の習慣となっていて、毎週末を緑青館で過ごしている。

事件のあった日は、熱心な美術品収集家である安城が、同じく美術品を趣味とする親しい友人たちを集めて、新しく完成した彫刻のお披露目をするために、泊りがけのパーティーを行っていた。

その日、緑青館にいたのは安城を除いて五名。

一人目は志村玄（しむらげん）。五十三歳、男性。二十年前から安城家に仕えている使用人。彼は常に緑青館で暮らしており、館の管理を行っている。事件当日は部屋の用意を含め、滞在者全員の世話をしている。

二人目は後藤晴臣（ごとうはるおみ）。四十二歳、男性。パーティーの参加者で、画廊を経営している。安城とは友人関係を築いているが、顧客としての付き合いの方がメインだったという。

三人目は木村一成（きむらいっせい）。三十六歳、男性。パーティーの参加者で、都内でフランス料理店を経営するシェフ。安城は彼の店の常連客である。事件当日に提供されたディナーを調理した。

四人目は大田宗一郎(おおたそういちろう)。四十一歳、男性。パーティーの参加者で、医者。内科の開業医。安城の主治医を長く務めている。

五人目は飯島(いいじま)かおり。三十三歳、女性。パーティーの参加者で、彫刻家。安城がパトロンについている駆け出しのアーティストである。パーティーでお披露目された彫刻は、彼女の制作したもの。

緑青館は二階建てだ。吹き抜けのホールになっている展示室が館の中央に位置し、各部屋が展示室をぐるりと囲むように配置されている構造になっている。一階には展示室の他に玄関ホール・応接間・厨房・ダイニング・管理人室・倉庫があり、屋敷の持ち主である安城の寝室を含めて、客室はすべて二階にある。

事件が起きたのは、パーティーとディナーを終え、ほとんどの者が自室に戻っていた夜の十一時。展示室から男性の悲鳴が響いた。

大田の部屋で歓談していた木村と大田が揃って駆けつけたが、展示室のドアは施錠されており開かなかった。続けて安城もやってきて、ドアが施錠されていることを確かめる。少し遅れて、鍵を持った志村が到着。

ドアの鍵を開けて四人が中へ入ると、展示室の床で仰向けになって倒れ、鳩尾(みぞおち)にナイフを刺された後藤の姿を発見。すぐさま医者である大田が駆け寄り脈を確認したが、後藤はすでに絶命していた。

他の部屋に取り囲まれているという構造上、展示室には窓が一つもない。出入り口は、四人が入った一階からのドアのみであった。

緑青館自体にも施錠はされており、強引に侵入した形跡がないことから、外部からの犯行は不可能だったと断定された。

「施錠された部屋に死体が発見される。つまり、密室殺人」

真崎が説明を終えると、間髪入れずに紫王が言葉を発した。説明をしていた真崎が神妙な表情で頷くのを見て、紫王は続けて質問する。

「古い洋館でしたら、隠し扉とかがあったりしませんか?」

「安城さんにもないことを確認し、もちろん警察もひととおり調べました。正真正銘、出入り口は一つしかありませんでした」

説明の途中で料理はすべて届いていた。テーブルの上には注文した料理が並んでおり、めいめいに食べはじめている。

「いやー。このハンバーグ、肉汁すごくてめちゃくちゃ美味しいですよ」

そう熱弁を振るう丸山は、真崎の説明を聞いているのかいないのかもわからない程に良い食べっぷりだ。美味しそうに食べる姿は見ていて気持ちよく、彼のふくよかな体型の理由が納得できる。

椋と広斗、紫王の頼んだオムライスは、チキンライスの上でふわふわの半熟オムレツを切り開くスタイルのものだ。

椋は、濃厚なデミグラスソースと卵のコンビネーションを味わいながら、物騒な話を聞いている不思議さを感じていた。

「凶器は？　誰の持ち物とか判明しているんですか？」

同じくオムライスを食べながら、紫王はスプーンを揺らして質問を重ねる。

「凶器は、刃渡り十五センチのアンティークのナイフで、死体発見時から被害者に刺さったままでした。ナイフの柄には装飾が彫られ、宝石が嵌め込まれた美術的価値のあるもので、展示品でした」

「その場にあったものを使ったんですね。そこだけ聞くと、衝動的な殺人のようですが。でも、逆に証拠を残さないって意味では計画的なんでしょうかね？」

会話の合間に真崎はラザニアを一口食べると、アイスコーヒーでそれを流し込む。

主に話しているのが真崎のため、彼の食事はほとんど進んでいない。

「展示品に触れるときには必ず手袋をするらしく、凶器のナイフには安城さんを含め誰の指紋も付着していませんでした。なので、衝動的なものとは考えにくいでしょうね」

瞬間的な殺意にかられてその場にあったナイフを掴む人間は、指紋を残さないように手袋を装着しようとは考えない。

「加えて、密室殺人ですからね」

ハンバーグセットに夢中のように見えて、実はきちんと話を聞いていた丸山が、ライスを口に入れながらもごもごと付け加える。その行儀の悪さに眉を顰めながら、真崎は説明を続ける。

「展示室のドアの鍵は、志村さんが管理人室の壁にかけて保管していたものだけです。志村さんは、鍵を取りに来た人物はいないと証言している。つまり、志村さんだけが犯行後にドアを施錠できる訳ですが……」

「遺体を残して施錠をするなんて、自分が犯人だと申告するようなことを、わざわざするはずありませんよね」

真崎の言葉を引き継いだ紫王に、丸山が頷く。彼は早々にハンバーグとライスを平らげ、アイスコーヒーを飲み干して口元をナプキンで拭うと、手帳を開いた。

「自分もう食べ終わったんで、真崎さんは食事に集中してもらって大丈夫ですよ」

「そのために早食いしていたのか?」

「もちろんです」

丸山は胸を張って答える。真崎は丸山の早食いの理由を訝しみつつも、素直に説明役を任せ、少ししか手を付けていなかったラザニアを食べはじめる。

ふと、いままで黙って話を聞いていた広斗が小さく手をあげる。

「あの、聞いてもいいですか？　展示室の鍵はいつ、誰が施錠したんですか？　ずっと鍵がかかっていた訳じゃないんですよね」

「はい。昼間のパーティーは展示室で行われていました。パーティーのあと、キッチンで調理をしていた木村さんと、給仕をしていた志村さん以外は全員、ダイニングでディナーをとったそうです。しかし、その間も誰でも自由に展示室へ入れるような状態だったそうです。展示室が施錠されたのは夜の十時。いつもどおりに志村さんが施錠をしたそうです」

「そのとき、中には誰もいなかったんですか？」

　丸山の説明に、再度広斗が問いかける。

「ドアの所から声をかけ、中に誰もいないことを目視で確認してから施錠したと、志村さんは証言していたそうですよ」

　返答を聞いて、広斗が考え込むように、ふむと息を漏らす。そんな広斗の様子に、椋は意外な心持ちがしていた。

「お前、こういう話慣れているのか？」

　思わずそう問いかけるが。広斗はとんでもないと苦笑いする。

「いや、全然。すみません、話だけ聞いていると、なんだかミステリー映画でも見ているような気持ちになって、つい口を挟んでしまいました」

「謝ることなんてないよ。気になることは何でも聞いていいからね。椋くんも」

そこに、真崎が促すように優しい声をかける。

「はい」

と椋は頷いたが、その後また口を噤んだ。目隠しをしているために表情はわかりにくいが、やや俯きがちにオムライスをもぐもぐと食べている。

代わりに話を続けたのは紫王だ。

「死亡推定時刻って、わかるんでしたっけ」

「はい。死亡推定時刻は、そのとき緑青館にいた方々が叫び声を聞いた時間と同じ、午後十一時ごろだということです」

「つまり叫び声がしたときに死んだのは、ほぼ間違いがない、と?」

「そう考える方が無理はないでしょうね。『叫び声が後藤さんのものであるかどうかは確信を持てないが、男のものであることは間違いなかった』と、声を聞いた皆さんが証言しています」

もっとも積極的に会話に参加している紫王だが、彼は食事と会話を器用に両立している。食べる様子は綺麗で、食べながら喋る様子にも、先程の丸山のような行儀の悪さはなかった。

「そういえば。さっきの話だと、叫び声を聞いて集まってきたのは木村さん、大田さん、安城さん、志村さんで、唯一の女性である飯島さんは来なかったってことで良いですか?」

不意に気になったという様子で、紫王が指折り人数を数えながら問いかける。

「そうですね。飯島さんはその後、志村さんの通報で警察が到着したときの騒動にも顔を出しませんでした。夜中の一時になり、安否確認のために警察官が部屋へ向かったところ、普通に部屋におり、ずっと眠っていたとのことでした」

「随分と熟睡だったんですね」

「ディナーで慣れない酒を飲んで酔っていたとのことですよ。自分も酒には弱くて、飲むとすぐ寝ちゃうんでよくわかります」

付け加えられた丸山情報にも紫王は微笑み、なるほどと頷きながら、オムライスの最後の一口を食べ終える。それから、

「うーん」

と伸びをするように声を漏らした。

「なんだか怪しい感じはしますけど。どうなんですか?」

「飯島さんが犯人である可能性は、ないと見て問題ないかと思います」

すかさず丸山が答える。

「どうしてですか?」

「まず、ナイフは展示品で、切れ味があまり良いものではありませんでした。しかし、後藤さんの体には深く刺さっており、刺すときにはかなりの力が必要だったと鑑識からの報告があります。つまり、犯人は男性です」

「なるほど。そういうことですか」

「容疑者の中だと、死亡推定時刻にアリバイがはっきりしているのは、シェフの木村さんと、医者の大田さんの二人だけですね。九時頃から木村さんが大田さんの部屋へ行っており、叫び声が聞こえるまでずっと二人で話をしていたと、二人共が同様の証言をしています」

「被害者の後藤さんが最後に目撃されたのって、いつ頃のことだったんですか?」

先に食事を終えた広斗が、コーヒーを飲みながら問う。

「五時半から始まったディナーは七時で終わり、後藤さんと安城さんは部屋に戻ったそうです。大田さんと飯島さんはダイニングに続く談話室で話を続けていて、木村さんと志村さんはキッチンで賄いを食べていました」

「つまり、ディナーが終わって解散したときが、生きている後藤さんが目撃された最後のときってことですか?」

「いいえ。談話室に残っていた大田さんと飯島さんが連れ立って部屋へ戻る途中、一人で展示室へと入っていく後藤さんを見かけたとのことです。それが午後八時頃のことです」

　紫王が質問を引き継ぐ。

「後藤さんは展示室でなにをしていたんですか？」

「大田さんと飯島さんは後藤さんの姿を見かけただけで、声はかけなかったそうですよ。美術品を鑑賞するために、展示室は誰でも自由に入って良いことになっていたそうです」

「なるほど。八時に被害者の後藤さんが展示室に入って行ったけど、十時に志村さんが展示室を見たときには誰もいなかったために施錠をした。でも、十一時に叫び声がして、施錠された展示室の中に後藤さんの遺体が発見された、と」

　悩むように顎に手をかけ、紫王が今までの説明を総括する。

「さっぱりわかりませんね」

　素人ながらも真面目に推理をしようとしていた広斗が、諦めるように小さく息を漏らした。真崎は食事を終え、口元を拭いながら軽く笑う。

「この事件を異能係の初任務として担当してくれと話が来たとき、わたしも広斗くんと同じような反応をしたよ。もちろん『志村さんがその場にいた後藤さんを刺したあとに展示室を施錠して、すぐさま自室に戻った』ということなら可能だが。それだと死亡推定時刻とあっていないし、悲鳴の説明がつかない」

真崎はそこで一度言葉を切ると、姿勢を正した。

「ただ、それ以外の方法については、通常の捜査では皆目見当もついていないのが実情です。だからこそ、宮司さんと椋くんの力をお借りしたい」

突然名指しされて慌てたように、椋は飲んでいたアイスコーヒーの氷をカランと揺らした。紫王は対照的に、自信満々といった笑顔のまま頷いている。

「お任せください。ところで、僕のお願いは叶えていただけているんでしょうか?」

「もちろんです」

紫王の問いかけに真崎が頷く。そのやりとりに、広斗が首を傾げた。

「お願い?」

「宮司さんが守護霊と会話をするには、直接調べたい本人と会わねばならないらしい。そのために、事件発生当時に緑青館にいた五人全員を集めているんだよ」

「それに加えて、事件が発生した日の様子を、時系列に沿って忠実に再現するようにお願いしているんです。鑑識はすべて済んだ上で片付けられているので、事件の痕跡はなにも残っていませんが。時間帯的に真夜中になるのと、近くに宿泊施設がないので、自分たちも緑青館に宿泊させてもらいますよ」

真崎と丸山の説明を受け、椋と広斗はここでようやく、泊まり支度をして参加という意味を理解した。

「なるほど……」

椋は小さな声で唸った。殺人事件が発生した日の様子を再現することに、なにか嫌な予感を覚えていた。

だが、発案者である紫王は明るい。

「僕の能力は、守護霊から話を聞き出すのに時間がかかるんですよ。それに加えて、実際に事件の起こった日の様子を再現してもらえれば、状況がわかり易いと思うんですよね。証言だけでは見えてこなかったことも見えてくるかもしれませんし」

彼の言葉の調子は軽く、言葉の最後に『楽しそうだし』という語尾がついてもおかしくはなさそうだ。

真崎は咳払いを一つすると、テーブルの端に置かれていた伝票を手に取って立ち上がる。

「では食事も済みましたし、現場へ向かいましょうか。そろそろ約束の時間です」

「はい。あ、あともう一つ」

皆が追従し立ち上がりかけたところで、紫王が言葉を挟んだ。

「真崎さん、僕に対して敬語を使わないでください。椋さんや広斗さんに接するようにしてくださったら嬉しいです。あと、紫王って呼んでください」

「椋くんとは昔からの知り合いで……いや。では、そうしようか。紫王くん」

一瞬反論しかけた真崎だったが、にこにこと人好きのしそうな紫王の笑顔を見て考えを変えた。彼の表情は柔和だが、その態度は強固だ。言ったことを引っ込める人間の顔ではない。

「はい。丸山さんも、僕のことは紫王って呼んでくださいね。この間もそう言ったはずなんですけど」

「あっ、はいっ」

ついでのように丸山へと語りかけた紫王は、彼が勢いの良い返事をしたことにもまた嬉しそうに笑い、立ち上がった。

真崎に会計を任せ、残りの四人は先に店を出る。

ドアベルの響くドアをくぐると、再び湿度の高い暑さに包まれた。森の中でいくらか気温が下がっているとはいえ、いまが真夏であるということを実感する。

真崎を待つため立ち止まった椋は、レストランの中では下げていたワイシャツの長袖を、肘のあたりまで押しあげた。そのとき、自身へと近づく人の気配がして顔を向ける。先程まで広斗の腕に手をかけて歩いてきたため、隣に広斗がいることは認識していたが、新たに接近してきた気配は別人のものだった。

「紫王さん？」

「へえ、すごい。まるで見えているみたいですね」

「なんとなく感じるだけです」

「それは特殊能力ではないですよね？　視覚が塞がれると、他の感覚が敏感になるっていうのは本当なんですね」

椋の返答に、紫王が興味津々という様子で言葉を続ける。さらに近づいて来られる気配を察知して、椋は一歩後退した。

「なにかご用ですか？」

警戒して問いかける。

「僕は、どうも椋さんのことが気になってしまうみたいで。少しでもお話しをしたいなって。椋さんのことをお聞きしたいです」

相変わらず明るい調子で続けられる言葉に毒はない。しかし、椋の体は無意識のうちに強張った。出会ったばかりで自分に興味を示す人間に、椋はろくな思い出がない。『一家殺人事件の生き残り』というだけで、人の好奇に晒（さら）されるには十分な理由だった。

「そう、ですか。俺からは特にお話することもありませんが」

椋の反応を察して、紫王と椋の間にすかさず広斗が体を滑り込ませる。明らかな警戒行動だが、自然と行われた広斗のフォローを見て、紫王はただただ楽しそうだ。広斗の肩に手を置き、力を抜けよと言わんばかりにぽんぽんと叩く。

「まあまあ、そんなに固くならないでくださいよ。僕たちこれからチームとして一緒にやっていく訳ですから、お互いのことを知っておきたいでしょう?」

「真崎さんがどう説明されたのかわからないんですが、椋さんは、今回お試し的に捜査に参加するんですよ。本格的にチームとして加入した訳ではないので」

広斗も笑顔で対応する。人好きの良さに関しては広斗も負けてはいないのだ。あくまで穏やかに、しかし笑顔には拒絶の意味を込めて。

「へえ、そうなんですね。でも、椋さんの能力って、事件捜査にうってつけですよね。死んだ人の見ていたものが見えるんですから、うまくいけば、犯人の顔をそのまま見られますよ」

「俺は、自分の……目に、自信がないので。役に立てるかもわかりません」

紫王の悪意ない言葉に、トラウマの一部を突かれている。それでも感情を押し殺して椋は答える。ただ『能力』と口にするのは憚られた。

紫王は、言い淀む椋の様子に片眉を上げた。

「椋さんって、ご自分の能力になにか名前をつけていますか?」

「名前、ですか?」

椋が真意を掴みかねていると、紫王は滑らかに言葉を続ける。

「僕の場合、クライアントには僕の能力のことを『スピリチュアルトーキング』って呼んで説明しているんです。ちょっと馬鹿っぽいですが、キャッチーでわかりやすいでしょ？　霊能力とか言うよりも評判いいんですよ」

「なるほど。いや、特にはありません。さっきも言いましたけど、そもそも俺は、こういうので仕事をしている訳ではないので」

必要ない、と言葉を続けるはずだった。だが。

「『断末魔の視覚（ヴィジョン）』とかどうですか？」

紫王の選んだ『断末魔』という言葉にハッとして、椋は拒絶の言葉を発する機会を失った。叫びが自分の意思とは関係なく耳に入ってきてしまうように、自分の網膜で勝手に再生される幻覚を形容するには、感覚的にかなりしっくりくる単語だと感じたのだ。

「紫王さんは、俺と同じような人を、他に見たことがあるんですか？」

椋がそう問いかけたのは、もし紫王がなにかを知っているのならば、能力を制御する方法か、あるいは能力を失わせる方法を知りたかったからだ。しかし、紫王はあっさりと首を振った。

「いえ？　いままで見たことがないから、興味があるんですよ」

そのとき、店から真崎が歩いて出てくる。

「待たせたね。ではさっそく、現場に向かおうか」

真崎の声に促され、全員が車へと向かう。

「自分の持っている能力は誇っていかないと、もったいないですよ。ではまた、お互いの力を披露できる現場でお会いしましょう」

自信の宿る言葉を残して、紫王は一人、派手な紫色のスポーツカーへと向かっていった。

3

森の中の舗装道路を抜けた先には、高さ三メートルの荘厳な青銅のフェンスゲートがあった。館の名前にもあるように、美しい緑青が浮いている。

近づくと、ゲートの前に設置されたスピーカーから誰何（すいか）の声が聞こえる。車窓を開けて真崎が警察であることを名乗ると、招き入れる声と共にゲートが自動で開いた。

そのまま車で敷地内へと乗り入れると、ゲートから続く道路はアスファルトで舗装されておらず、砂利道になっていることが車に乗っていてもわかった。

進んでいくと、茂っていた木々の中に突如として空間がひらけた。車が屋敷の前を回れるように広く円を描く道があり、その中央には青銅の像が置かれた噴水が鎮座している。道の周囲に植えられているのは、季節的に花はないが、薔薇の木だ。

その庭園の奥に、左右対称の洋館が聳え立っている。色の濃い煉瓦の壁に、鮮やかな青の屋根が印象的だ。建物は二階建てで高さはそれほどでもないのだが、その重厚感から受ける印象としては『聳え立つ』が適切だった。

緑青館の前に止めた車から降り、建物を見上げた広斗の口からは、

「うわ、すっご……」

とごく自然に感嘆の声が漏れていた。

正面玄関の両開きのドアの前に、スーツをかっちり着込んだ初老の男性が立っている。銀縁のメガネをかけたその人物は、真崎たちの姿を見ると歩み寄ってきた。

「ようこそおいでくださいました。皆様すでに中でお待ちでございますよ」

彼は自身を志村だと名乗った。後に続いて敷地内へと入ってきた紫王と丸山は、志村に車の置き場所を教えられると、その場所でトランクから荷物を取り出してそれぞれ駐車をしにいく。

と、志村がそこに出された荷物をごく自然な流れで持つ。全員分の荷物といっても、全員が一泊分の用意しかないのでたいした量ではない。だが広斗から見て年配の者に荷物持ちをさせるのには抵抗感があった。

「あ。そんな、荷物くらい自分で運びますよ！」

広斗が思わず手を差し出して制止したが、志村は穏やかな笑顔で首を振った。

「これがわたくしの仕事ですので、どうかお任せください。まずは皆様に本日お泊りいただくお部屋をご案内いたしますね。さぁ、こちらへどうぞ。お足元にお気をつけください」

荷物の重さを感じさせず、志村はすたすたと緑青館の中へと入っていく。

そんな物腰柔らかな志村の態度に、広斗は奇妙な感覚を受けた。警察に同行して捜査をする立場として、邪険にされる覚悟を決めてここに来ていたのだ。

「なんだか、すごく歓迎されていますよ。もっと嫌な顔されるかと思ってました」

広斗が椋へ小声で話しかけていると、後ろに立った真崎がこれまた小声で応える。

「このままだと、事件の第一容疑者はあの志村さんなんだ。もし志村さんでなければ、次に怪しいのはアリバイのない安城さんになる。なので、志村さんと安城さんには、我々の捜査は歓迎されているんだよ。それに最近、霊能捜査は人気だからね」

つまり、志村にとって異能係一行は、自分にかかった疑惑を晴らしてくれるかもしれない救世主的存在ということだ。

志村に導かれ、一行は広々とした玄関ホールへ足を踏み入れた。緑青館の中は広いが、隅々まで一定の温度が保たれていて涼しい。内装も外観と同様にシックで、赤い天鵞絨(びろおど)の絨毯が敷かれた床と白の塗り壁は、ダークブラウンの柱や梁、調度品がよく映える。至るところに設置された照明はすべて電球色に柔らかく光り、館内のムードを調和させていた。

玄関ホールは吹き抜けになっている。正面には玄関ドアと同様に大きな両開きのドアがある。その左右には、二階の東西の廊下へそれぞれ通じる階段が、シンメトリーになる形で二本かかっていた。

「中も本当にすごいですね。まるで映画のセットみたいだ」

椋に腕を貸しながら、広斗が素直な感想を漏らす。

その言葉を、志村は微笑みをもって受け止めた。

「百年前にイギリスから移築してきた洋館だそうです。建物自体は古いですが、快適に過ごせるよう、修繕を繰り返しながら最新の機器を導入しておりますので、不自由なくご滞在いただけるかと思いますよ。もしなにかご不便がございましたら、わたくしになんなりとお申し付けくださいませ」

「ありがとうございます」

志村の丁寧な話し方は、イメージの中にある執事像をそのまま具現化させたようだ。

広斗は歴史を遡ったような非日常を感じた

そうこうしているうちに、丸山と紫王も合流した。

「ちょうどいま正面に見えているのが、展示室へ入る唯一の入り口でございます。しかし、まずはお部屋へ向かいましょう。さ、こちらです」

志村に導かれるまま、一行は向かって左側の階段を上っていく。

「椋さん、ここから階段です」

その手前で、広斗は小さく囁いた。細かな彫刻が施された木の手すりは滑らかで、手をかけて階段を上っているだけでも豊かな気持ちになる。

階段の途中で、真崎が志村へ問いかける。

「事件が起こった日と同じ部屋割りになっていますか？」

「もちろん、お申し付けいただいたとおりにしております。皆様にお泊りいただくのは、あの日には使用していなかった客室になります。ただ、そうしますと残りの部屋数が三部屋になりまして。申し訳ないのですが、二部屋は二名様ずつお泊りいただく形になってしまうのですが」

「俺たちは二人で一部屋使うので、全然かまいませんよ。ね、椋さん」

「ああ」

広斗が真っ先に名乗り出て、椋もためらいなく頷く。家での寝室は同じではないが、元々一緒に住んでいる身だ。なにも問題はない。

「わたしと丸山も同室でかまわないので、紫王くんに一部屋つかって貰う形でいいね？」

「もちろんです」

真崎が丸山に問い掛け、彼は元気よく頷く。紫王は恐縮して頭を下げた。

「僕が一人部屋ですか、なんだか悪いですね。ありがとうございます」

部屋割りについての相談は早々に成立する。

一行の部屋は、三部屋連なる形で配置されている。入り口は重厚な木のドアで、部屋の内側から鍵がかけられる。部屋に入る際に、志村から一部屋につき一本ずつ鍵が手渡された。その鍵のデザインも日常見慣れているようなものではなく、アンティーク感があるクラシカルで装飾性の高いものだ。

案内されるまま、それぞれの部屋へと荷物を入れがてら入った。室内に敷かれた絨毯は赤ではなく、落ち着きのある藍色である。それ以外は、玄関ホールや廊下と内装の雰囲気は同じだ。高そうな調度品は素晴らしく、一般的なホテルのツインベッドルームの部屋よりもよほど広い。

部屋にそれぞれ取られた窓から外を見れば、館を取り囲む森の豊かな緑や、隅々まで手入れが行き届いた庭が見えた。

「あのお庭もすべて志村さんが手入れをされていらっしゃるんですか？」

重厚なカーテンを片手で抑えながら庭を見下ろし、広斗は志村へ問いかける。

「はい、日頃の手入れはわたくしがしております。しかし、定期的に専門の庭師を入れておりますので、わたくしは大それたことはしておりませんよ」

それぞれの部屋には、部屋内から繋がる専用のバスルームまでついており、豪勢の一言に尽きる。

ベッドもクイーンサイズ。ただ、どの部屋も設置されたベッドは一つだけであり、それを確認した真崎は、なんとも言い難い実に微妙な表情をしていた。

荷物を部屋に入れた一行は、案内されるまま一階に戻った。玄関ホールを抜けた先にある談話室へ向かう。ステンドグラスの嵌め込まれたドアを開けると、奥に設置されている、肩ほどまでの高さのある大きな暖炉が見えた。いまは季節的に稼働していないが、炎が入ったらさぞや綺麗だろうと感じさせる佇まいであった。その暖炉を囲むように置かれたゴブラン織り張りの大きなソファに、四人が座っている。

ドアが開いた音に全員が振り向き、その中の一人、恰幅の良い壮年の男性が立ち上がって近づいてくる。

「ようこそいらっしゃいました。わたしがこの屋敷の主である安城幸太郎です。皆様よろしくお願いいたしますね」

安城の立ち居振る舞いや浮かべている笑顔からは、成功者特有の確たる自信が溢れている。そして、彼の態度は志村同様に友好的なものだ。真崎の言っていたとおり、安城も今回の捜査を歓迎しているようだと広斗は感じた。

「お電話ではありがとうございました。全面的なご協力に心より感謝いたします。警部補の真崎です。こちらこそ、どうぞよろしくお願いいたします」

差し出された安城の手に、真崎が丁寧な言葉を返しながらしっかりと握手をする。

広斗は、そんな二人のやりとりを目の当たりにして大人の社会を覗いたような感覚を覚え、はじめて足を踏み入れた豪邸への興奮で緩みかけていた気持ちを引き締め直す。

挨拶を終えた真崎は、後ろに控えていたメンバーを振り返ると、一人ずつ手で示しながら紹介をはじめた。

「丸山刑事と、警察から協力を依頼している霊能力者の宮司……」

「紫王って呼んでください」

途中で紫王だけが言葉を挟む。

「……そして、同じく霊能力者の霧生と、その助手の上林です」

霊能力者という紹介を受けて、杖をつきながら広斗の横に立っていた椋の体が僅かに強ばる。そういう立場になることを了承してここまでついてきた訳だが、改めてラベルを貼られると居心地が悪かった。

異能係一行の紹介が終わると、次に安城がソファに座っていた面々の紹介をする。

「よろしくお願いいたします。こちらは右奥から彫刻家の飯島さん、シェフの木村さん、医者の大田さんです」

彼らは各々立ち上がり、名前を呼ばれると軽く頭を下げていった。

飯島は、緩やかにウェーブしたロングヘアをハーフアップにしてバレッタで留めている。清楚そうな女性で、華やかな大きい花柄のロングスカートが印象的だ。どこか暗い表情だが、うつむきがちで感情は読めない。

木村は、明るい茶に染めた短髪が爽やかな印象の、広斗と同程度の背丈をもつ、がっしりとした体格の男性だ。小さくロゴのプリントされた白のTシャツをラフに着ているが、それでもしっかりした雰囲気が漂うのは、Tシャツがブランドものだからだ。彼もまた表情は冴えない。

大田は、黒のフレームの眼鏡をかけた、真面目そうな風貌の男性だ。スカイブルーのチェックのシャツを着ていて、職業に繋がるようなものは身につけていないにもかかわらず、どことなく医者っぽい。抑えようとはしているが、紫王と椋へ向ける眼差しは、野次馬的な好奇心に満ちている。

安城と志村を含め、広斗は五人の容疑者の風貌をまじまじと観察する。当然のことだが、全員普通の人だ。むしろ身なりが良い分、街行く人々を大きく善人と悪人に二分するとしたら、善人に分類されるような者達である。この中の誰かが人殺しなのか、という考えに至って、広斗は居心地の悪さを感じた。

殺人事件の捜査だということを忘れそうになるほど、あまりにも和やかな出会いだった。

「安城さん、パーティーは三時からはじまったんですよね？」

ひととおりの挨拶が済んだところで、真崎が腕時計へ視線を落としながら尋ねた。

「そのとおりです。あの日と同じように行動をするということなので、皆で展示室の方へ向かいましょうか」

「そうしていただけますと助かります。パーティーでは、他になにか？」

「はじめに完成披露をした彫刻から幕を取った以外は、特になにか催しがあった訳ではないのですが。皆シャンパンを手に話をしていましたね。志村はキッチンで準備をしていて、途中で軽いオードブルを差し入れてくれました」

安城の返答に真崎が頷く。いよいよ捜査がはじまるのだ。

「では志村さんも当日と同じように……丸山は、志村さんについて行ってくれ」

「了解です」

真崎が丸山に指示を出すと、丸山と志村は廊下に出てキッチンへと入っていった。

残った者は安城の後に続いて行く。向かう先は、玄関ホールの正面に見えていた大きな両開きのドアの中だ。

展示室の入り口に鍵はかかっていなかった。安城がドアノブに手をかけると、重厚感のあるドアは軋むようなこともなく、静かに外側へ開く。

ドアが開いてまず目に飛び込んでくるのは、入り口正面に置かれた西洋甲冑の姿だった。黒々とした金属の表面に金でビッシリと細かな彫金が施されており、美術的価値が高いことが窺い知れる。仁王立ちしている甲冑は、体の正面で地面に突き刺すようにして剣を握るポーズをしている。一般家庭では目にすることのない代物だ。

中へ入ると、甲冑の奥に美しい少女の像が鎮座しているのが見えた。展示室の中央に置かれたその像は大理石でできており、光りを受けて白くきらきらと輝く。十七、八歳ほどに見える少女の等身大で、床に膝をつき、天へ向かって右腕を差し出すポーズをしている。

そして、その右手で指し示された先には、天井から吊られた巨大な鷲の白い像があった。実際の鷲よりもかなり大きい鷲は翼を広げ、床にくっきりと黒い影を落としている。

その他にも一定間隔で大小様々な彫刻が設置され、周囲の壁には数々の絵画や美術品が飾られている。まさに『展示室』の名のとおりの部屋の様子だ。

壁に飾られた絵画はモダンアートから写実的な油絵、和風な水彩画と幅広い。よく言えばバラエティに富んでおり、悪く言えば節操がない。

壁面を飾るのは絵画だけではなく、美しいナイフのコレクションや、額縁のような豪奢な鏡といった、道具と呼べるものも並べられている。

内緒話をしあっている、どこか遊び心のある天使の姿を浮かび上がらせるレリーフも見事だ。

大鷲の像が吊られている天井は二階部分まで吹き抜けになっており、大鷲の頭上にあたる天井の中央には、金の骨組みが複雑に絡み合うような円盤型の豪奢なシャンデリアが下がっている。天井が高いために開放感はあるが窓はなく、出入り口はいま全員で入ってきたドアが唯一のものである。

広斗は、そんな展示室の様子を眺めながら、室内の状況を小声で椋へと言葉にして伝えていた。

「入り口から入ると、まず西洋甲冑が正面にあって、中にはたくさんの彫刻があります。天井からも鷲のような大きな鳥の作品も下げられています。壁にはたくさんの絵画と、ナイフ、鏡、レリーフ、あと、天井からすごく大きなシャンデリアが下がっています」

「なんだか、話を聞いているだけでもすごそうだな」

「実際すごいです」

二人の素直な会話を耳に挟み、安城が笑いながら振り向いた。

「そう真正面から褒めてもらえると嬉しいですね。気になることがあったら、なんでも聞いてください」

優しく促され、広斗は早速問いかける。

「天井から下がっているあの鳥の像は、どうやって設置したんですか？　大理石のように見えるんですけど、そんな重いものが吊るせるんでしょうか」

「それなら、単純な問題ですよ。まず、あれの素材は石膏で、大理石よりずっと軽いものなんです。次に吊るす方法ですが、天井裏に滑車を噛ませた電動昇降機が仕込んであってね、人の手元付近まで下ろすことができるんです。この壁についているタッセルがスイッチになっています」

安城はそう説明しながら、入り口付近の壁に取り付けられていたタッセルを示す。それは室内の調度品にごく自然に馴染んでいて、言われなければスイッチには見えないものであった。

「あの彫刻を飾るためだけに、昇降機を導入したんですか？」

「いやいや、元はシャンデリア用のものなんだけれどね。今回は天井から像を吊りたいと要望されて、あれの展示にも活用したんですよ」

安城がタッセルのスイッチを引くと、小さなモーター音をたて、大鷲の像とシャンデリアが連動してゆっくりと下がってきた。

「なるほど」

広斗が納得して頷くと、安城は下降を止めて、それらを元の位置まで戻す。

すると今度は、隣で会話を聞いていた紫王が質問を挟んだ。

「電気の消灯もそちらのスイッチでできるんですか？　他に操作盤のようなものも見当たらないなと思ったんですが」

紫王の指摘のとおり、展示室の壁には他にボタンの類は存在していない。

「ああ、客室を含めてそれぞれの個室以外の照明は、管理人室である志村の部屋の操作盤で一括管理しているんですよ。廊下やホールなども広いもので、それぞれの箇所で点けたり消したりしていたら面倒ですからね」

「通常、館全体の消灯は夜中の十二時に行います。本日もそのように行う予定ですが、お部屋の中はご自由に電気の点灯消灯ができますので、ご安心下さいませ」

安城の説明に志村が付け加える。つまり、展示室での電気の点消灯は、志村の部屋からしかできないということだ。

「事件当日のパーティーでは、新しく完成した彫刻のお披露目をされていたそうですが、いまのお話ですと、今回お披露目されたのが、あの大鷲の像ですか？」

話を先に進めるように真崎が問いかける。彼は、胸ポケットから取り出した手帳を片手にメモを取る姿勢をとっていた。

「半分正解で、半分不正解と言ったところでしょうか」

安城は部屋中央に鎮座している彫刻の横へと歩いて行き、手で指し示す。

「あの日はこの『天指すアプロディーテー』の完成披露が主目的のパーティーだったのですよ。こちらは大鷲とは違い、本物の大理石彫刻です。天井から下がっている大鷲は、『天指すアプロディーテー』の作品の一部でしてね。かおりちゃん……飯島さんに依頼して彫ってもらった作品です。実に美しいでしょう？　少女の体に纏いつく、柔らかな服の布地の質感が、大理石という硬質なもので見事に表現されている力作ですよ。頭上を飛ぶ大鷲を指差すという、物語の広がりを感じさせる壮大さも良い。大鷲を追加したいと後から言われたときはどうしようかと思いましたが、彼女の自由な発想に任せて本当によかった」

いまは曲がりなりにも殺人事件の捜査中だ。しかし、己の所有する美術品について語る安城には、そんな様子をいっさい窺わせない興奮が潜んでいる。ここで殺人が行われたという事実も、いまこの瞬間は彼の頭から吹き飛んでいた。安城の美術品に対する熱量は本物だ。

「ええ、本当に美しいですね。偏見かもしれませんが、こうした石の彫刻を女性が彫られるというのは意外です。女性が石を彫るのは大変ではありませんか？」

真崎はさらりと賛辞を贈ると、飯島を見た。しかし、自身の作品が注目を浴びて褒められていても、飯島は下を向いたまま言葉を発しようとはしない。

「かおりちゃん？」

安城が促すように彼女の名前を呼ぶと、飯島はようやく頭を下げた。

「お褒めいただき光栄です。たしかに女の彫刻家は珍しいかもしれません。彫刻界は特にそうですが、美術の世界もまだまだ男社会ですし、力仕事なのはそのとおりですから」

しかし、ようやく発せられた彼女の口調はこわばっていて、表情も暗いままだ。どこか場の空気が冷えていく。

そのとき、

「俺も、彼女がまるで生きているみたいだなって思いました。硬い大理石でできているとは思えなくて、思わず触ってたしかめてみたくなってしまいますね。こういう本格的な彫刻家の先生に直接お会いできるのがはじめてなので、ちょっと興奮しちゃいます」

と華やいだ声を上げたのは、柔らかい笑顔を飯島へと向ける広斗だった。彼の純粋な言葉と表情に、飯島の表情もまた、赤みをさしたかのようにふわりと和らぐ。

「ありがとうございます……安城さんからご依頼いただいた、そのままを形にしただけなのですが」

「これだけの大きさのものですと、場所の確保も大変だと思うのですが、制作はご自宅でされているんですか？」

今度は紫王が質問を引き継ぐ。

「一年程ここに住み込みで制作させていただいていて。倉庫内をアトリエにしていました。パーティーでは、着想や制作過程など『天指すアプロディーテー』についての話を中心に、安城さんの他のコレクションを鑑賞しながら談話を」

飯島の言葉に、安城が鷹揚に頷く。広斗もまた彼女の話を聞きながら、『天指すアプロディーテー』をしみじみと観察していた。

柔らかな表情を浮かべる少女。その身に纏っているのは一枚のワンピースで、風に靡くように体に張り付いている。どこか肉感的な印象もありながら、あくまでも純真だ。広斗はふと、上へと伸びる彫刻の右掌内側についている、擦れたような傷の存在に気がついた。

「飯島さん。この彫刻にある掌の内側の傷は、どうかされたんですか？」

「あ……それは、掌を彫るのが難しくて、鑿の柄が当たってしまったのだと思います。拙くてお恥ずかしい限りです」

気になったことについて広斗が問いかけると、飯島は軽く俯いて答えた。また彼女の気分を損ねてしまったかと、広斗は慌ててフォローする。

「全然、そんなことないですよ。たしかに、この内側になる部分を彫るのは大変そうですね」

　そんな二人の様子を見ながら、真崎が話を進行する。

「後藤さんのご遺体は、その彫刻の横に倒れていたのですよね」

　次に口を開いたのは大田だ。

「はい。ちょうどここに倒れていました。甲冑の影にならず入り口からも見える位置なので、すぐに全員気がついたと思います」

　彼は、入り口から見て『天指すアプロディーテー』の右脇へと移動すると、遺体が倒れていた辺りを両手で指し示した。

　返事を聞いている間、真崎は胸ポケットから取り出した数枚の写真を、紫王と広斗へ手渡す。それは、遺体となった後藤を鑑識が撮影した写真である。死体の写真を見ることに広斗は一瞬身構えたが、写真に映った死に様はそこまで刺激の強いものではなかった。

　彫刻の横に仰向けに倒れた、小柄で痩身の男性。彼はどこかクラシカルな装いをしており、白いボタンダウンのワイシャツにサスペンダー、チェックの入った明るい茶のズボンを身に着けていた。服装は軽く乱れていて、サスペンダーが金具の部分から外れてしまっている。

腹部には、装飾の施されたナイフが柄の辺りまで深く突き刺さっていた。シャツの腹部にも血は滲んでいるが、倒れた後にできたとみられる、背中側の床に広がる血痕のほうが遥かに大きい。つまり、ナイフは背中まで貫通しているのだ。生々しい死に顔には、驚愕しているような表情が浮かんでいる。

写真の内容についても、過激な言葉を極力使わないようにしながら、広斗は椋へ説明する。

「サスペンダーって珍しい気がするな。目隠しなんてものをつけている俺が言うことでもないが」

説明を受けて、椋が小声で感想を漏らす。するとそこに、安城が言葉を添える。

「サスペンダー姿は晴臣くんのトレードマークみたいなものでしたよ。いまは夏場ですからワイシャツ姿でしたが、冬になると、この上にまたクラシカルな印象のジャケットを羽織っていましてね。画商らしく、服装から持ち物から、いろいろなものにこだわりのある人で」

そうしみじみと語る安城の言葉には、亡き後藤に対する親愛の情を窺うことができた。大田が話に応える。

「そうでしたね。先月の彼の誕生日のときには、皆でプレゼントをしましたよね。僕は万年筆を渡しましたが、彼のお眼鏡に適(かな)うものを探してくるのが大変で。そういえば、そのサスペンダーをプレゼントしたのは木村さんでしたか。贈り主と会うときにプレゼントされたものをきっちりつけてくるあたりが、実に気配りの上手な後藤さんらしい」

「ええ、そのとおりです。俺も、後藤さんといえばサスペンダーだという印象があってプレゼントしたんですが、まさか亡くなるときの装いになってしまうとは、思いもしませんでした」

　話を向けられ、木村が応える。これに、また安城が続く。

「たしか、金具の外れにくいものを特注で作られたとか。その金具が外れてしまうだなんて、よっぽど犯人に乱暴なことをされたんでしょうな。酷いことをする」

　安城、木村、大田の三人は、故人を偲ぶように、そうしてしばらく思い出話に花を咲かせる。会話が一段落したところで、また進行のために真崎が質問する。

「四人で遺体を発見した直後、はじめに後藤さんに触れたのは大田さんですね？」

「見つけた瞬間は気が動転していて、誰が最初に触れたかはあまりはっきりとは記憶にないのですが、そうだと思います。頸部で脈をとり、すでに亡くなっていることを確認しました。事件性があることは一目でわかりましたので、皆に下がるように伝えて、志村さんに通報していただき、以降は誰も近づいていません」

「その後はどうしていたのですか？」

再度真崎が質問をする。

「犯人が隠れているかもしれないと、警戒しながら全員で展示室内を捜索したのですが、中には誰もいませんでした」

話を聞きながら頷いていた紫王が、写真に目を落としたまま問う。

「後藤さんに触れたとき、なにか気づいたことはありますか？」

「そうですね……直前に悲鳴を聞いていたのもありますし、遺体はまだ暖かく、亡くなって間もないことはすぐにわかりました。ナイフをあれだけ深く刺されていましたし、おそらく即死だったのでしょう」

「死亡推定時刻とも一致します」

大田の証言に、真崎が言い添える。

紫王は写真から壁に視線を上げると、そこに飾られたナイフの数々を見る。

「あの壁にかかっているナイフが、凶器として使われたものの残りですかね？」

それらのナイフは、宝石が嵌め込まれていたり、金の装飾が施されていたりと、どれも華やかな印象だ。しかし、錆のようなものが浮いているものもある。

問い掛けを受け、安城が自慢気に語りだす。

「わたしがコレクションとして収集しているナイフでしてね。実に美しいでしょう？アンティーク品ばかりで、ナイフとしての実用性は重視していないので、切れ味はあまり良くないと思います。特段研いだりもしていませんしね」

　展示方法は、釘打ちされた台の上にナイフが置かれているだけであり、取ろうと思えば誰でもすぐに持ち上げられる状態だ。その中の一つに、ナイフが置かれていない台がある。

「ここに凶器があったんでしょうか？」

「そのようだ。実際に凶器として使用された一本は、証拠品として警察が預かっているよ。大きさや形状は、そこに展示してあるものと大差ない」

　次なる紫王の問い掛けには、真崎が答えた。

　ここまでの話はすべて、事前に真崎と丸山がした事件の説明と合致する。つまり、密室殺人解決の糸口はまだつかめないということだ。

　会話に一区切りがついたとき、ドアが開いて、丸山と志村が姿を現した。志村はサービングカートを押していて、その上には様々なオードブルが乗っている。カートの下段にはワインボトルが三本。

「皆様ご到着されたばかりですし、少々休憩いたしませんか」

4

真崎ははじめ、志村が持ってきたワインボトルを目にして、慌てて彼を制止しようとした。

いくらいつもと違う形式の捜査とはいえ、仕事中にアルコールは御法度だ。

だが、志村はワインボトルから各々のグラスに中身を注ぎながら、

「雰囲気だけですよ」

と悪戯めいて笑う。

華奢なグラスを満たしていたのは、たしかに透明な水だった。

オードブルは、すべて片手で食べられるように、市販のクラッカーの上に様々な具材が載せられている。クリームチーズの上にサーモンを載せたもの、生ハムでクルミを巻いたもの、カマンベールチーズにスライスした玉ねぎを載せ、さらにキャビアを散らしてあるものなど。

贅沢に趣向を凝らしてあるそれらは目にも鮮やかで、先程食事を済ましてから来たというのに、広斗は素直に食欲をそそられた。この場にいた他の者たちと同じように、椋を連れてサービングカートへと近寄っていく。

「こちらはすべて、あの日に皆様へお出ししたものと同じものになります。あの日の

飲み物はアルコールの入った正真正銘のワインでしたが」

　そう説明をする志村からグラスを二つ差し出され、広斗は笑顔で受け取る。

「すごく豪華ですね。いただきます」

「ありがとうございます。お褒めいただき嬉しい限りですが、ディナーはもっと豪華ですよ。なんたって、あの三つ星シェフの木村一成さんが腕をふるって下さいますからね」

「あ。やっぱり、木村さんってあのＩＳＳＥＩさんですよね」

　志村の言葉に、広斗は声を弾ませ食いついた。その瞳はきらきらと少年のように輝き、隣にいた木村を見つめている。

　椋は広斗からグラスを受け取ると、

「有名な方なのか？」

　と短く問う。

「はい、とても有名なシェフですよ。よくグルメ雑誌とかに掲載されていて」

「お見知りいただいていたとは。ありがとう」

　キャビアの乗ったクラッカーを一つ口に放り込みながら、当の木村は軽く笑う。笑うと、少し焼けた肌に彼の白い歯並びの良さが目立った。

「木村さんがディナーを作ってくださるんですか？　滅茶苦茶楽しみです」

先程飯島へ言った言葉に嘘はないのだが、飯島と話していたときよりも明らかに広斗は興奮している。

「その予定ですよ。この間と同じものを作れとのことなんで、安城さん達には申し訳ないなと思ってたんですけど、そう言ってくれる人がいると安心するよ。お腹空かしといてくださいね」

そんな広斗の様子を見て嬉しそうに笑い、木村はウィンクを一つ送ってからサービングカートの近くから離れていった。

「一流シェフの料理をこんなところで食べられるなんて、めちゃくちゃ役得ですよ、椋さん。あ、椋さんはクラッカーどれが食べたいですか？」

自分用のサーモンのクラッカーを取りながらも、広斗は椋にすかさず尋ねる。

「お前と同じもので」

目の前に並んでいるオードブルすべての種類について、広斗が細かく説明したが、椋の返答はそっけない。そもそも椋は、あまり食べるものに興味関心がない。けれど広斗は椋の投げやりな様子を気にすることもなく、同じサーモンのクラッカーを取ると、彼へ手渡す。そんな二人のやり取りに、同じようにそばにいてオードブルの品定めをしていた紫王が目を細めた。

「さっきから思っていたんですけど、広斗さんって息をするように椋さんのお世話をしますよね。正直、使用人の志村さんなんて目じゃないくらいに、椋さんに尽くしている」

「俺がしたくてさせてもらっているんです」

紫王に話しかけられると、木村と話していたときとはうって変わって、広斗の体に緊張が走る。広斗はごく自然な流れで、壁になるように椋と紫王との間に移動した。

「ふふ、お世話をさせてもらっているって、すごい忠誠心だ。憧れちゃうな。二人はいつ頃からの仲なんですか？」

「出会ったのは、俺が高一、広斗が小六のときです」

世話をされている、という言葉にカチンとくるものがあって、今度は椋がはっきりとした声で答えた。苛立ちを感じてしまうのは、椋自身が、紫王の言うとおりだと思っているからだ。今朝家を出てからというもの、椋は自分の無力さを痛感していた。もし今回広斗がついてきてくれていなかったら、事件の状況さえもろくに把握できなかったに違いない。

「高校生と小学生がどうやって知り合ったんですか？」

「広斗の兄が、俺の同級生なんです」

「なるほど、憧れの『お兄ちゃんのお友達』か。そういう仲になったきっかけは？」

「そういう……？」

意味深に声を低める紫王の言葉に、椋は目隠しの下で眉根を寄せた。

椋の苛立ちを汲み取ったように、今度は広斗が少し大きめの声で割って入る。

「居候です。椋さんの家が、俺の通っている大学に近いんで、無理言って同居させてもらってるんですよ」

「へぇ。本当に不思議な関係ですね」

紫王はなにかの意味を言外に含ませたまま、形の整った片眉を上げながら笑った。

そして、

「そういえば……」

と言いながら、少し離れたところに立っていた飯島へ視線を向ける。

「飯島さんは、一年前からここに住み込みで彫刻を作っていたと言ってらっしゃいましたが。作品を依頼されたとき、そういうことってよくあるんですか？　それって依頼者の安城さんと、よっぽどの信頼関係がないと、できないことですよね」

問いかけられた飯島は、あからさまに不機嫌そうに眉を寄せた。

「それが、今回の事件になにか関係があるんですか？」

「いえいえ。その間の自分の家はどうするのかなとか、生活費は全部安城さん持ちになるのかなとか、純粋な興味があるんですが」

紫王が口にした『純粋な興味』という言葉には、脇で聞いていた椋も思わずまた眉を寄せた。それが紫王の本心ではあるのだが、興味で個人的なことを問われるのは、気持ちの良いものではない。飯島も椋と同様にいっそう表情を歪めるが、感情を押し殺したように呟く。

「よくあることではありません。安城さんとは昔からの付き合いですし、私に作品をご依頼くださるのは、安城さんしかいらっしゃいませんから」

「たしか、安城さんは飯島さんのパトロンなんですよね。パトロンって不思議な感覚ですよね。他の方に作品を売ったり、依頼してもらったりする活動はしてらっしゃらないんですか？」

紫王がさらに踏み込んだ質問をした瞬間。飯島の感情が爆発した。

「いったい、いつまともな捜査がはじまるんですか？」

彼女の放ったヒステリックな声は、他の場所で話していた者たちの声まで圧倒する。展示室内が静まり返った。フォローのために真崎がやってくる。

「飯島さん。先程から捜査はさせていただいていますよ」

「いままで聞かれてお答えしたようなことは、すでに一週間前、警察の方にお話していいます。こんな、事件とは関係のないプライベートなことまで聞かれて。それに、事件当日の再現をするだなんて、悪趣味です。また同じようなことがあったらと思うと不吉で、最初から反対だったんですよ。本当にこんな捜査が必要なんですか？」

両腕を体に回し、自分を抱くように立つ飯島は、無遠慮な質問をした紫王だけではなく、異能係全員に対して不快感をあらわにしている。

「そうですね、我々は現場に来るのがはじめてなもので、状況の確認にお手間をとらせてしまい、申し訳ありません」

質問をぶつけられた真崎は、慌てる様子もなく持ち前の穏やかな声で彼女を宥める。異能係としては初捜査だが、真崎はベテランの刑事だ。捜査において、根掘り葉掘り事情を聞かれることを嫌がる人間に遭遇することなど、珍しくもない。

だが、パーティーの参加者達の中にあった猜疑心は、飯島の声によって表出する。

続けて木村も直球の疑問を口にした。

「たしかに。安城さんがこの捜査をすることを受け入れたって言うから従っているけど、実は俺もまだ、納得はしていないんだよな。本人達を目の前にして言うのも申し訳ないんですけど、俺は霊能力者とか信じてないんですよ。ニュースでも最近よく聞きますし、アメリカでは成果を挙げてる手法っていう説明も事前に聞きましたけど。いまのところ、特別なことはなにもしてないですよね？　まあ、霧生さんは随分特徴的な風貌をなさっていますが。それでなにがわかるのかというと、疑問です」

椋の目隠しをしている風貌のことを示唆して、木村は軽く笑う。

自身のことを話に上げられ、椋は意表を突かれた。咄嗟に俯こうとして、理性で堪える。

　椋は、己と己の能力に自信がない。だがここに『警察に協力を要請された霊能力者』として来てしまっている以上、容疑者たちにその弱みを見せるわけにはいかないことは理解していた。椋へ対する不信感はすなわち、そのまま警察への不信感へと繋がるからだ。

　木村の発言に、この場にいた全員の視線が椋に集まったそのとき。紫王が動く。

「皆様を不安にさせてしまい、申し訳ありません。霊能捜査は、すでにはじめさせていただいておりますよ。僕の能力は『スピリチュアルトーキング』と言いまして、皆様の守護霊と、心で会話をさせていただくものなんです」

　堂々とした態度で流暢に語りながら、紫王は全員の注目を浴びやすいように展示室の中央へと歩み出る。洋館の展示室という非日常の中で、紫王の西洋風の顔立ちとスタイルの良さは画になる。まるで舞台劇のワンシーンのようだ。

「普段は許可を得てからでないとこの能力は使わないのですが、この度は事件の捜査ということで、皆様にお会いした瞬間から、皆様の守護霊と会話をさせていただいておりました。勿論、会話と言っても口から声を出して行うものではないので、皆様が知らずにいたのは当然のことなのですが」

「犯人はわかったんですか？」

すかさず、出会った当初から霊能力者に興味津々という様子を隠していなかった大田が問いかける。

紫王はゆっくりと首を振った。

「残念ながらまだです。『スピリチュアルトーキング』は、守護霊と心を通わせて話を聞き出さねばならないので、情報を得るのに時間がかかります。ですので、こうして事件発生当日の再現をしていただきながら、そのときの守護霊の反応を含めて見ているのです」

大田があからさまにがっかりとした表情をするが、その反応をあえて待っていたかのように、紫王は演技がかった仕草で、ウィンクを一つ。

「しかし、現時点でも皆様からお聞きしていないことで、わかったことはあります。例えば……」

そう一息ついてから、紫王は彫刻を手で指し示す。

「この『天指すアプロディーテー』のモデルは、飯島さんのお姉さんですね？」

紫王の問いかけと同時に視線を向けられた飯島は、驚くように目を見開いた。

彼が指摘したこの事実は一週間前に一般の警察が行った捜査のときにも話されなかったものであり、真崎や丸山も把握していなかった。

「どうしてそのことを……」

紫王の問いかけは飯島に向かってされたが、返事をしたのは安城だ。彼は柄にもなく動揺しているように見えた。

その様子と会話を元に、真崎は手帳にペンを滑らせ『飯島の姉をモデルにすることも安城の指示』と記す。安城が依頼して飯島に彫刻させたのだから、そう考えるのが妥当だ。

紫王は話し続ける。

「もちろん、飯島さんの守護霊に聞いたのですよ。聞いた、というよりも、守護霊がこの像にそっくりだったもので、このことはすぐにわかったのですが」

「そのとおりです」

飯島は素直に頷いた。まるで、先程まで抱いていた紫王への不信感を、純粋な驚きですべて忘れ去ってしまったかのようだ。

紫王は返事に満足そうに微笑み、再度語りだす。

「僕の会話できる守護霊は、基本的にその人のことをもっとも気にかけている『亡くなった方の霊』なのです。つまり、飯島さんのお姉さんは亡くなっている。しかも、この像と同じくらいの、年若い頃に。そうですね？」

確認するように問いかけられ、飯島は俯きながらまた頷く。

と、そんな彼女の様子を見て、木村がわざとらしいほどの大きな拍手をした。

「すごいな、これは本物のようだ。たしかに飯島さんに少し似ているなとは思いましたが、制作物が作者に似るのはよくあることですし、彼女のお姉さんだったなんて初耳です。完成披露パーティでは、この像のモデルは飯島さんの中にある女神のイメージだと話されていましたしね」

木村はそこで一度言葉を切ると、口角を上げて笑う。

「でも、それが捜査の役に立つんですかね？」

続けられたのは挑発するような発言だが、紫王は微笑みを崩さなかった。木村へと視線を移すと、まるでマイクでも向けるかのように、演技がかった仕草で手にしたワイングラスを木村へ伸ばす。

「木村さんは、最近弟さんを亡くされていますね？　死因は、睡眠薬の大量摂取による自殺。ここには、兄弟姉妹に不幸がおありになる方が多いようです」

紫王の言葉にはこの場にいる全員が息を飲んで驚いていた。だが広斗だけは、紫王の視線が椋へも向いたことを見逃さなかった。

「そんなこと、はじめて聞きました。どうしてそんなに大変なことを、僕たちに言ってくださらなかったのですか？　弟さんは、いつお亡くなりになったんですか？」

呆気にとられたような大田の言葉に、木村が頭を掻く。挑発的だった先程までとは打って変わって、ばつの悪そうな表情をしている。

「亡くなったのは半年前です。亡くなり方も亡くなり方でしたし、人に言うようなことでもありませんから、家族の他、誰にも言っていません。弟は精神的に病んでいて、もう何年も連絡を取っていませんでしたし」

説明をしながら、途端に暗くなる木村の声。全員が彼に何と声をかけたら良いのかわからなくなったようで、場の空気が重くなる。

その中で唯一、まったく表情と雰囲気が変わらないのは、相変わらず楽しそうな紫王だ。

「僕の霊能力が嘘偽りないことは、これでおわかりいただけましたか？　ご指摘のとおり、僕が守護霊から得られる情報がどう捜査の役に立つのかは、僕にもまだわかりません。ただ、殺人の動機から犯人が炙り出されることはよくありますから。そうですよね、真崎さん？」

紫王はそう締めくくると、真崎へと視線を投げかけた。

真崎は紫王の意図を汲み取ると、一歩前へと歩み出る。

「そのとおりです。我々を信用していただくために、皆さんに霊能捜査の一端を紫王よりお話させていただきました。しかし、今後は我々のみで情報の精査をさせていただきます。紫王は引き続き霊能捜査を進めますが、ここで知り得たことは、今回の捜査に活用する以外に一切の口外を致しませんのでご安心下さい」

本来は容疑者達にこのような能力の披露をする予定はなかったものの、真崎はすべてが予定内のような口ぶりで話した。

真崎のまとまった説明を受けて、展示室に集まっていた容疑者たちの緊張が僅かに解れる。殺人とまではいかずとも、多くの人は、皆なにかしら後ろ暗いところを持っているものだ。自らの秘密を暴いてしまうような紫王の能力は、恐ろしいものに違いない。

新たな反論や意見などが出ないか真崎は少しだけ待ったが、続く声は上がらなかった。彼は一度、手首の腕時計に視線を落とす。現在時刻は三時四十二分。

「もうそろそろ、事件当日では皆さん談話室に戻られている頃でしょうか？」

「そうですね。談話室に戻ったあと、四時から木村さんと志村は、二人でキッチンへ向かいました。他の者は、途中で所用のため離席をした者もおりますが、そのまま談話室に残っていたはずです」

場を仕切り直す真崎の問いかけに、平静を取り繕った安城が答える。

「なるほど、ではそのように行動していただきましょう。丸山と紫王くんは皆さんと共に談話室へ……椋くんには、わたしと残って別の霊能捜査をしてもらいます」

真崎の指示に丸山は頷いたが、紫王が口を挟んだ。

「僕も、椋さんの霊能捜査の様子を見学させていただきたいのですが、よろしいですか？」

「あー……椋くん？」

判断を委ねるように真崎に名前を呼ばれ、椋は全身に走る緊張を感じながらも頷く。

「構いません」

予定外の行動ではあったが、紫王は、彼の成すべきことを成していると提示してみせた。ここまでついて来たのだから、今度は自分が挑戦しなければいけないときだと、椋も腹を括ったのだ。

「ではそうしよう。皆さんは談話室へ移動してください」

真崎の指示で、丸山に引率された五名が展示室から出ていく。中に残った真崎は、出ていった者達を締め出すようにドアを閉じた。

部屋の中の人数が減ると、情報源となる雑音の量が急激に減る。残った者の立てる物音がよく響いて、椋には展示室の広さが強調されたように感じられた。

「椋さん、大丈夫ですか？」

自分にだけ聞こえるように耳元で広斗から問いかけられて、椋は静かに頷く。

覚悟を決めるように椋が息を漏らすと、真崎がドアから戻ってくる。

「わかっているとは思うのだが、椋くんにはこの展示室を見てもらいたい。皆の前でやってもらうよりは良いかと思ったのだが、これで良かっただろうか？」

「お心遣いありがとうございます」

「うん。では、頼めるだろうか」

真崎に促(うなが)され、椋は後頭部へ手を回すと目隠しのリボンを解いた。シュルッとシルクのリボンがたてる衣擦れの音を聞きながら、目元を覆っていた布地が離れていくのを感じる。

椋は、ドクン、ドクン、と自身の心臓が立てている音を自覚する。ここで、人が友人に腹を刺されて殺されている。

コントロールのできない幻覚が自分に見えるだろうか、という不安もあった。だがそれよりも大きな恐怖は『先程まで普通に言葉を交わしていた者の中の誰か一人が、友人を殺す瞬間浮かべていた表情を目の当たりにする』ことだ。父親を殺して振り向いた犯人の顔が、脳裏にチラつく。

椋は、長い睫毛を押し上げるように目を開いた。

第三章　信じる者

1

視界がぼやけている。

周囲の様子がよく見えないのは、自分がずっと目を閉じ続けていたためだろうかと椋は思った。瞬きを繰り返し、瞼で視界が遮断されるたびに、靄が晴れていくように視界がクリアになっていく。そして、自分のいま見ている視覚が、すでに死んだ誰かのものであることを理解する。

同時に、その不可思議な光景に目を疑った。

――ここは、いったいどこだ。

大理石の床と、そこに並ぶ展示品や調度品が見えている。だが、遠くに見ているのが床や展示品であることを椋が理解するのには時間がかかった。なぜならば、それは普通の視点からではなく、すべてが真上からの角度であったためだ。ちょうど、この展示室の高い天井付近から、床を真っ直ぐに見下ろしているかのような。

視界が揺れる。揺れは徐々に大きくなり、ぐわんぐわんと平衡感覚が失われていく。

次の瞬間、猛烈な勢いで床が迫ってきた。

　思わず、口から叫び声が出ていた。

　ガタンと大きな物音が耳に届く。


「椋さん！」

　平衡感覚を失った椋は、床に倒れ込んでいた。

　すぐさま横にいた広斗が跪き、椋の体を腕の中へと抱え起こす。椋は瞬くと、自分の顔を覗き込む、心配そうな広斗の表情を見た。

　常に視界を塞いだ生活をしているため、椋が広斗の顔を直接その目で見るのは、実は久しぶりのことだった。日本人にしては薄めの茶色の瞳が、椋の顔をまっすぐに見つめている。椋は、広斗が成長して、また一段と男前になったような気がした。

　傍らでは、取り落とされた杖がまだ僅かに揺れている。先程聞いた物音は、椋と一緒に床に倒れた、彼の持っていた杖の音だ。

「大丈夫ですか？　どうしました？」

「あ……すまない。大丈夫だ」

　未だに椋の心臓はうるさいほどに脈動し続けている。だが、なにかから守ろうとするように、自身の体を抱え込む広斗の腕の力強さは頼もしかった。

いま見たものは幻覚であり、自分の身には何の危険も迫っていないのだと、椋は怯える己の本能に言い聞かせる。

「椋くん、見えたんだね？　いったい誰が見えたんだい」

真崎もまた椋の顔を覗き込む。しかし真崎から向けられるのは、ただ椋の身を気遣っていた広斗とは違う、期待の眼差しだ。

真崎の顔を見るのも九年ぶりだ、と椋は思った。椋の中の真崎は、あの事件当時の三十代だった頃で止まっているので、イメージと実際の姿にギャップがあり、違和感を覚える。

――やはり老けたな。

などと思いながらも、それを悟られぬように平静を装い、椋は、自分がいま見たものをそのまま口に出していく。

「誰も見えませんでした。ただ、この展示室のすごく高い所から床が見えて……落ちた、のだと思います」

「落ちた？」

真崎に怪訝そうな表情で再度問い返され、椋は頷く。

「しかし、後藤さんは腹部を刺されて死んでいます。落下死ではありませんよね？」

少し離れたところで黙って様子を観察していた紫王が、顎に手をかけ疑問を呈する。その姿は、緑青館に集まっている他の誰よりも、椋の能力を値踏みしているようだった。

「そうだな。検死の結果も、死因は腹部を刺された失血死とのことだ」

真崎が答える。

「この緑青館は、イギリスから百年前に移築されたものだと言っていました。建物の歴史も、この土地の歴史も深い。椋さんがいま見たのは、本当に後藤さんの『断末魔の視覚』ですか？」

重ねて問いかける紫王の声は冷静だ。椋には、何の感情も籠もっていない彼の声は、実際のもの以上に冷徹に響いた。その疑問をぶつけられれば、椋には断言できる自信がない。先程見たものには、犯人の姿はおろか、その視覚の主の姿さえ映ってはいないのだ。展示品は見えていたが、後藤が死んだ夜である確信は持てない。

椋にできるのは、網膜に映る光景を受動的に見ることだけ。その光景を見た主が誰なのか、いつ死んだのかもわからない。それは、ここに来る前からわかっていた、ただ一つのことだ。

椋は、広斗に支えられながら立ち上がり、同じく広斗に差し出された杖を持つ。

「すみません……わかりません」

結果的に、言えるのはそれだけだった。

椋は、そのときはじめて展示室の様子を自分自身の目で見た。広斗に随時説明をしてもらっていたので大まかに様子は掴めていたが、先程の幻覚で見下ろした部屋の様子と合致していることを確認する。

「椋さん、目隠ししますか？」

杖同様に椋が落としてしまっていた目隠しを拾い上げて広斗が問いかける。その声はひどく気遣わしげだ。

椋は改めて周囲を見回し、展示室の光景を記憶してから頷いた。いまはまだ別の幻覚が見える様子はないが、他のことをしているときに、また落下する幻覚を見させられても困る。

広斗は椋の目元に目隠しを当てると、彼の後頭部でリボンを結んだ。

そんな二人の様子を、真崎は黙って見守っていたが、彼の表情はあからさまに落胆していた。ごく小さく、しかしはっきりとした溜息を漏らすと、気持ちを切り替えるように一度手を叩く。

「では、わたし達も談話室に行こうか。そろそろ木村さんと志村さんの調理もはじまる。容疑者達には誰かしら同行していなくてはいけないからね、丸山ひとりでは両者は見られない。椋くん、なにも気にすることはないからね」

「……はい」

最後に付け加えられたのは慰めの言葉だ。しかし、椋の心にはいっそうの情けなさが湧いた。

椋は、自分のことを心配そうに見つめている広斗の眼差しを感じながらも、ただ俯く。

「そうだ。わかっていると思うが、紫王くん」

展示室を出ようとした真崎はドアのノブに手をかけながら、紫王へと声をかける。

「はい?」

「『スピリチュアルトーキング』で判明した情報は、随時わたしに教えてくれ。さっきも全体に向かって伝えたが、丸山と椋くん、広斗くんには話しても構わないが、容疑者たちには他言しないように頼むよ」

「ははは、そうですよね。わかっています。すいません、さっきは力を披露する場面かなって思っちゃいまして」

釘を刺された形になる言葉だが、紫王は相変わらず軽い調子で笑う。

「まあ、あの場面では仕方がなかったと思うよ。捜査を進めるにあたって、我々警察が信用を得ているに越したことはないからね。いまのところ、先程披露してくれた内容の他に、わたしに報告することはないかな?」

改めて問いかけられ、紫王は自身の顎に指をかけて考える。

「そうですね。あまり関係ないかもしれませんが、志村さんと大田さんの守護霊は母親。安城さんの守護霊は祖父ってところでしょうか。この辺からはあまり事件性は感じませんでした。ただ、安城さんって奥さんいらっしゃらないんですね？　こんなに由緒正しい家柄の方なのに、なんだかちょっと気になりました」

「ああ、安城さんは独身だと聞いているよ。お兄さんがいらっしゃるようなので、跡取りの心配はいらないいんじゃないかな」

「なるほど」

　紫王の疑問に真崎がすかさず答える。二人が組んでの初捜査だとは感じさせない程の自然なやりとりだ。

「心霊捜査、引き続き頼むよ」

「はーい」

　真崎は紫王にだけそう声をかけ、改めてドアを開いて廊下へと出る。紫王のことが信用できないからと椋に同行を頼んだ真崎だが、こうなってしまっては紫王を頼るしか無いと、無意識下で判断していた。いままでの振る舞いを見ていれば、紫王と椋のどちらが仕事をこなせるかは一目瞭然だった。

　そして、そんな真崎の考えは、椋にも伝わっている。元々自信はないと伝えており、今回の捜査はあくまでお試しという条件付きのものだった。それでも、椋の胸には澱（おり）

のようなものが溜まる。

　この場において自身の存在価値がなくなったことを悟り、真崎に続いて廊下へ出ながら、椋は固く唇を引き結んでいた。


　談話室のドアを開けて中へと入ってきた四人の姿に、すかさず丸山が瞳を輝かせて近づいてくる。

「椋くん、どうでした？　犯人、見えました？」

目隠しをつけ直した椋には、丸山の姿は見えていない。しかし見なくとも彼の期待の籠もった眼差しが突き刺さるような気がして、椋は顔を俯けた。椋の代わりに答えたのは真崎だ。

「情報共有は後でする。そろそろディナーの準備に入る時間だから、丸山は木村さんたちと一緒にキッチンへ行ってくれ」

「了解しました」

　椋の反応に一瞬心配そうな表情を浮かべた丸山だったが、指示を受けると表情を引き締め、木村と志村を呼んでからキッチンへ向かっていった。

「紫王くんはどちらに着いて行っても構わないが、どうする？」

　真崎に問われ、紫王は部屋の中を眺める。

先に来ていた他の面々は、すでに談話室の中に散らばり、談笑をしたり、物思いに耽ったりしていた。

「僕はこちらで皆さんとお話ししようと思います」

紫王は答えると、さっそくソファに座る安城の隣に腰掛けた。持ち前のコミュニケーション力の高さを生かし、軽やかに話しかける。

「先程、後藤さんの誕生日プレゼントを皆で渡したという話をしていましたけど、誕生日にプレゼントを渡すということを、習慣的によくされていたんですか？」

真崎も紫王に続いてソファに座ったが、積極的に話に混ざるというよりは、全員の様子を観察している。

「そうです。もともとわたしが人に物を贈るのが好きでね。友人たちの誕生日にはいつもわたしがプレゼントを用意していたんですが、次第にここにいる皆も全員がお互いに贈り合うようになって」

安城の返事を聞き、紫王が微笑む。

「仲がよろしいんですね」

その仲の良い者たちの中に、友人の一人を殺した犯人がいるかもしれないのだが。

安城は複雑な表情を浮かべ、堪えきれなくなったように問いかける。

「その。紫王さんは、やはり、わたしたちの中に殺人犯がいるとお思いですか？」

「安城さん、いまはまだ捜査中ですから」

話を遮ろうと真崎が口を挟みかけたが、紫王は真崎よりも大きな声で話し続けた。

「正直まだわかりませんね。ただ展示室の様子を見ていて、甲冑のことは気になりました。後藤さんの遺体が発見されたあと、四人で展示室の中に人が隠れていないか確認したと大田さんが仰っていましたが。そのとき、甲冑の中は見ましたか？」

「いえ、甲冑の中はさすがに確認しなかったかと……なぁ、大田さん」

安城は、飯島と話していた大田に確認する。このことで、飯島も含めて彼らの会話に混ざっていく。

「たしかに、甲冑の中までは見ませんでした。つまり紫王さんは、あのとき犯人が甲冑の中に隠れていたのではないかと仰っているんですか？」

大田が言いながら瞳を輝かせる。

「その可能性もあるな、と思ったんですよ。展示室の鍵をかけられる前からいて、犯行後も人がいなくなるまで犯人がずっと隠れていたのであれば、密室の意味もなくなりますからね。あの甲冑は人が着られるものですか？」

「ええ、もちろん。普段身につけたりはしませんが、もともと人が着るためのものですから」

紫王の問いかけに、安城も大田同様にやや興奮気味に答える。

「もし、もしですよ。あのとき甲冑の中に人が隠れていたんだったら、それって外部の人間の犯行になりますよね」

大田が言葉を続けると、それまで黙っていた真崎は携帯電話を手にソファから立ち上がった。

「鑑識に、甲冑の中を調べたかどうか確認してきます」

真崎がそう言い置いて談話室の隅に移動すると、先程までずっと暗い表情を浮かべていた飯島に笑顔が浮かぶ。残された他の者たちもまた、希望が見えたように外部犯の可能性について話し続ける。


一方。椋は盛り上がる彼らの会話を聞きながら、所在なさげに談話室の入り口に突っ立っていることしかできないでいた。

――正直、いますぐ家に帰りたい。

そう、椋が心の中で情けない呟きをしていたとき、広斗に肩を叩かれた。

「椋さん。ちょっとこっちに」

そのまま腕を引かれ、椋は広斗に壁際へと導かれる。同じ部屋の中であっても、ソファで話し続ける者たちに低めた声が届かない程の距離をとるため、広斗は壁に軽く凭れるようにして、椋の体を引き寄せた。

広斗はかつてない程、真剣な表情を浮かべていた。椋は彼の表情を見ることはできないが、広斗の放つオーラに並々ならないものを感じ取る。

「なんだ、どうした？　ちょっと怖いぞ、お前」

「椋さんがさっき展示室で見たもの、もっとしっかり教えてください」

低い声で紡がれた予想外の言葉に、椋は驚きながら表情を曇らせる。

「あれは、もういいんだ……」

もはや触れてくれるな、という意味を込めて、椋は拒絶の言葉を口にしかける。

だが、広斗は引かなかった。

「俺、言いましたよね。椋さんのことを信じてますって。椋さんがあの場所で能力を使って光景を見たんだから、見たものに間違いはないんです。それが真実なんです。絶対に無視しちゃいけないものなんですよ」

真剣な広斗の言葉。そこに籠もった熱量が苦しくて、椋は顔を隠すように片手を額に当てる。

「……広斗。悪いが、俺は俺を信じられない。俺が見たのは、あの展示室から落下する光景だった。でも、後藤さんは転落死じゃなく、刺し殺されて亡くなっている。さっき紫王さんが、犯人が甲冑の中にいたかもしれないって言っていた。その方がよっぽど現実的だよ」

　椋の言葉に、広斗は軽く笑う。

「犯人が甲冑に隠れていたとして、じゃあ志村さんが展示室の戸締まりをしに行ったときに、後藤さんは展示室のどこにいたのかって話ですよ。紫王さんの言っていた仮説は、密室の謎において、なんの解決にもなっていません」

「でも……そもそも、俺はこんな突発的に幻覚を見る障害が、能力だなんて思っていないんだ」

　広斗の向けてくれる期待すら裏切っているように感じて、椋は広斗のそばから離れようとした。だが、広斗の手が椋の腕を離さない。いつも、壊れ物を扱うようにそっと椋に触れる広斗にしては、あり得ないほどの力の入り方だった。

「椋さんが自分を信じられないなら、椋さんを信じる俺を信じてください」

　使い古されたようなくさい台詞に、椋は笑うように小さく息を漏らす。

　ばかにしたわけではない。椋は昔、自分が広斗へ向けてその言葉を言った覚えがあったのだ。

　当時のシチュエーションは、とてもありきたりなものだった。

　椋と広斗が出会って、三年が経過したときのこと。広斗は中学三年生になっていて、高校受験を控えていた。広斗は、進路で悩んでいた。彼は結斗と椋の在籍した高校へ行きたかったのだが、そこは県内有数の進学校であったため、親や教師に志望校のレベルを下げるように言われていたのだ。

　彼の学業の成績は普通だが、飛び抜けて良いというわけではない。特に優秀だった結斗と比べられて、広斗はたびたび辛い思いをしていた。そして自信を失った広斗もまた、彼自身の可能性を諦めようとしていた。

　広斗は仕方なく志望校を変更しようとしたが、そのときに椋が言ったのが、先程の台詞の逆バージョンだ。

　当時からすでに椋は家に引き篭もりの状態となっていたが、広斗は椋の家に足繁く通った。そして家に滞在中、広斗が必死に勉強していることを、椋だけが知っていたのだ。

　結果、希望を貫き通した広斗は見事志望校に合格し、念願だった高校で充実した学生生活を送った。

　当時の椋にとっては、何気なく言った台詞だった。だがそれでも、その言葉を聞いたあと、

「ありがとうございます。椋さんを信じます」

　と言った広斗の声が、いまにも泣き出しそうなほど震えていたから、記憶にある程には印象深い。そして、広斗の人生を僅かながらも変えたときと同じ台詞を、彼が意図して使ったことが、彼の抱く想いの強さを伝えてくれた。

真っ直ぐにぶつけられる信頼に、先程までの、居場所を失ったように萎縮していた椋の気持ちがほぐれるように癒やされていく。

「……わかった」

長い沈黙の末、ようやく椋が頷くと、広斗は表情を緩める。

「見えていた場所は、展示室で間違いないですね？」

「ああ。さっき自分の目でも見たが、置いてあるものとかも含めて、間違いなくあの場所だった。展示室を真上から見下ろしている光景だ」

「だったらやっぱり、その光景は後藤さんのもので間違い無いですよ。真上から見下ろすとなると、あの部屋は吹き抜けになっているし、二階部分がないので、宙吊りにされていたってことですよね。吊るせる場所となると、あの大鷲の像か、シャンデリアくらい。その二つだったら、スイッチひとつで近くまで下ろすこともできます」

小声で言葉を交わし、椋は先程見た光景を脳裏に描く。

「シャンデリアに吊るしたところで刺し殺せはしないだろ」

「まずは常識を取っ払って、椋さんの見たものだけを考えましょう」

広斗の声には、いっさいの揺らぎがない。

「わかった……あと、いつもに比べて、見える映像が短かった気がするんだ」

「残っている映像自体の時間が、いつもに比べて短いってことですか？」

「そうだ。はっきり見えはじめるまでに時間がかかったから。もしかして、後藤さん自身、死ぬ直前に見ていた光景自体が、そう長い時間じゃねぇのかも」

椋の言葉の一つひとつを、広斗は真剣に拾い集めて考え込む。広斗がそうして一緒に悩んでくれることで、椋もまた、自分が見たものを真実として捉え、前向きに考えることができていた。

「他になにか見たものはありませんか？　気になったものとか」

問われて、椋は記憶を探る。

「床の方……ちょうど真下で、なにか光っていた」

「懐中電灯とかですか？」

椋は首を振る。

「違う。そういう、自発的に光るものではなかった。遠すぎて、それが何だったかはわからないんだが、小さなものがキラキラと光を反射している感じで」

そこまで言いかけ、キラキラと光るものにふと思い当たり、椋は動きを止める。椋の様子を見て、同じタイミングで広斗もまた口角を上げた。

「椋さんも、思いました？」

問われ、椋は頷く。

「シャンデリアに吊られ、落下した人が、刺殺体として発見されたんだとしたら」

人を殺す手段として選ぶには、あまりにも突拍子もない方法だ。だが、椋の見たものと、後藤の発見時の姿をつなぎ合わせれば、それしかない。

「俺もちょうど、同じことを考えていると思います。この方法なら、密室の謎も解ける。犯人は、その場所にいる必要なんてないんだから」

広斗の声は、思いついてしまったことの高揚感に僅かに高くなっているようだ。

「真崎さんを呼んでくる」

導き出した見解を真崎に伝えなければと、椋は、ソワソワとした気分で壁際から歩き出そうとする。だが、広斗は椋の腕を掴んでいる手を離さなかった。

「椋さん待って」

「どうして。検証するには早い方がいいだろ」

「俺たちがいま思い浮かべた方法ですが、人を殺そうとするときに選ぶような手段じゃないって、椋さん自身も思ってますよね?」

真剣な顔で問いかけられ、椋は頷いた。広斗の話は続く。

「俺は椋さんを信じていますが、この仮説を普通に話して、真崎さんを含めた他の人がどういう反応をするかはわかりません。犯人もわかっていませんし、この状況を利用して、別の方法をとったほうがいいと思うんです。それに……」

広斗はいっそう自分の方へと椋の体を引き寄せ、さらに声を低める。

「実は俺、真崎さんにかなり腹が立っているんです」

そう内心を吐露しはじめた広斗の表情は、穏やかではある。だが、声に籠もるのは、静かながらも確かな怒りだった。

「あの人が、無理やりくらいの強引さで、協力して欲しいって椋さんをここまで連れてきたんですよ？　何なんですかね。さっきのあの態度。『パートナーを信じられなければ、真っ当な捜査を進めることはできない』って昨日あの人が言っていたことだと思うんですけどね」

広斗は、真崎が椋の言うことを信じず、見切りをつけたように紫王を頼りだしたことに怒っていた。

先程まで感じていた所在のなさや、不甲斐なさに対して広斗が代わりに怒ってくれているようで、椋は小さくクスリと息を漏らして笑った。彼の胸の奥に燻っていた嫌な感覚が払拭されていく。

「笑いごとですか？」

「いや、だってな。仕方ないだろう、真崎さんの立場からしたら。紫王さんの方がよっぽど信頼できる」

家を出てから、はじめてしっかりと椋が笑った。作り物に見えるほど整った椋の顔立ちが綻ぶと、まるで背景にふわりと花が広がるようだと、広斗は思う。

椋の笑顔を見られたことが嬉しくて、広斗の怒りもまた少しだけ薄れる。ただ、腹立たしさは健在だ。

「なにも仕方なくなんかないですよ。椋さんの言うことを信じるだけで良いんですから。真崎さんは、その基本を忘れてしまったんです」

「それで、別の方法をとるって、いったいどうするつもりだ」

「うん、それでですね……」

椋に問われ、悪戯を思いついた子供のように広斗は目を細める。そして、椋の耳元へと唇を近づけ、ある『作戦』を囁いた。

2

時刻は六時二十五分。五時三十分から始まったディナーは、佳境を迎えていた。

ダイニングの大きなテーブルの上に、次々と華やかな料理が提供される。給仕をするのは志村。空になった皿も随時、彼の手により下げられていた。

木村の作るフレンチのフルコースは、一皿一皿がまるでひとつの作品のようである。

その見た目はもはや料理という概念を超越していて、食べてみるまでどんな味がするのか予想がつかなかった。だが一度口に入れれば、様々な味と旨味の凝縮されたような深みが口の中に広がり、芳しい香りが鼻に抜けていくのだ。食感も様々で、五感を刺激されながらとる食事は実に楽しい。

一同は芸術のような食事に舌鼓をうちながら談笑し、新たな一皿を提供されれば歓声を上げるということを繰り返していた。その様子は非常に和やかで、とても捜査の一環には見えない。

真崎に持ち場を交代してもらってテーブルについている丸山にいたっては、捜査のことなど忘れていそうな様子だ。

ディナーの間も木村はキッチンにいつづけるということで、警察関係者側が一人はキッチンについていなければならないという話になった。

「では、引き続きキッチンは丸山に……」

という指示を出そうとした際、彼があまりにも切ない顔をしたので、真崎が気を利かせたのである。木村、志村、真崎の三人は、ディナーが終わった後に、木村の作る賄いを食べる予定になっている。

ディナーの場でいま話題の中心にあるのは、皆がどのように知り合いになったか、という出会いの経緯だった。

「木村さんとは、どう知り合われたんですか？」

話を主に振っていくのは紫王だ。談話室でもそうだったが、ディナーがはじまってからもずっと、話の中心になるのは安城である。

「木村さんのお店に、わたしが足繁く通っていたんだよ。皆もすでにわかると思うが、彼の料理は素晴らしいからね。そこでももう顔馴染みだったんだけれども、彼の店に飾ってある絵がなかなか良いものばかりだったから、美術品に興味があるならうちに遊びに来るかって、そんな感じで交友がはじまったんだ」

安城の紫王へ対する口調は、もうすっかり打ち解けたものになっていた。紫王は人の懐へ入り込むのが上手い。

「お付き合いの期間自体も長いんですか？」

「そうだね、わたしが彼の店に通い出したのは、もう四年くらい前からだが。でも、こうしてお店以外の場で会うのは、二年くらい前からかな。新しく構える店舗の料理の感想を聞きたいと言って、ここ数ヶ月はかなり頻繁に緑青館へ来て、腕を振るってくれているよ」

「僕は、木村さんとはこうして安城さんの開催してくださるパーティーで知り合ってからなので、二年くらい前からですね。飯島さんもそうですよね？」

大田が話を振り、飯島はフォークとナイフを動かしながら頷く。談話室での会話を経て飯島も随分と顔色が良くなったが、彼女は元からあまり積極的に話す性質ではない。

「ふーっ、本当に美味しかった。いやあ、それぞれちょっとずつしか量がないような気がしますが、コースで食べていくとけっこうお腹満たされますね」

他の者の会話を聞いていたのか、いないのか。丸山はメイン料理を食べ終えると、満足げにカトラリーを置く。紫王は微かに笑いながら頷いて丸山に同意したが、すぐに話は元の交友関係についてへと戻っていく。

「では、大田さんと安城さんの交友のきっかけは？」

「大田さんとも木村さんと同じで、大田さんの病院にわたしが通っていたんだよ。十年以上も前になるかな」

「なるほど。かかりつけ医だったのですね」

相槌をうけ、大田が話を続ける。

「そうです。木村さんと一緒で、僕も病院に色々絵を飾っていたのですが、それで、美術品に興味があるのかと」

「大田さんの場合は、逆に飾ってある絵があまりにセンスが良くなくてね。よかったら良い画廊を紹介しましょうかと、失礼ながらも声をかけさせてもらったんだよ」

もう、やめてくださいよと大田が嫌がり、一同が笑う。

「センスのない人間が自分の勘だけで美術品を購入するものじゃありませんね。安城さんから後藤さんを紹介いただいて、本当に助かったんですよ。彼は飾る場所も考えて、その都度良いものを勧めてくれましたから」

「そういえば、ここ数ヶ月は晴臣くんと大田さんは殊更に仲が良さそうだったね。大田さんのところに行ったという話を、晴臣くんからよく聞いていたよ」

「ええ。自宅をリフォームしたので、それに合わせて色々と相談に乗ってもらっていたんですよ」

和やかな会話だったが、後藤に話が及ぶと、食卓にしんみりとした空気が降りた。

「正直なところ、わたしは晴臣くんが亡くなったことを、まだ受け入れられていないよ」

安城はステーキの最後の一口を食べきると、フォークとナイフを置いて呟く。大田や木村のことは名字に『さん』付けで呼ぶ安城が、名前に『くん』付けをして名を呼ぶ様子には、安城が後藤の死を心から偲んでいる様子が窺い知れた。

「後藤さんは、どんな方だったんですか?」

不意に椋が尋ねた。いままで積極的に会話に参加しているとは言い難かった椋だが、亡くなった者のことは気になった。

当然のことだが、殺害された後藤の生前の様子を、異能係一行は知らない。見たことがあるのも殺害当時の写真だけ。あとは、彼の友人である安城達に聞くしかない。

「彼はやり手で、真面目な男だったよ」

安城はまずそう語ってから、ワイングラスに入った水をコクリと飲む。

「後藤画廊は元々、彼のお祖父様の代から続く画廊なんだけどね、晴臣くんは長男として立派に跡を継いでいた。むしろ、晴臣くんが代表を務めることになってからの方が、画廊は盛況になっていたみたいだね」

「僕も、仕事熱心な方だな、という印象がやはり強いですね」

大田も同意して頷くと、話を続ける。

「安城さんにご用意いただく場を通して友人としても付き合わせてもらいましたが、やはりどこかいつも気にかけてくださるというか。帰り際に必ず深々と頭を下げてくれるのが印象的で」

「晴臣くんは顧客への気遣いがピカイチだからね。そんなことまで気がつくのかって、いつも驚かされたよ。細かな配慮ができた男だった」

大田と安城が思い出話に花を咲かせている中、不意に飯島が口を開く。

「反面、アーティストには厳しいのよ」

その声は大田と安城の話し声に紛れてしまう程に小さなものだったが、広斗は聞き逃さなかった。

「飯島さんは、アーティストとしての画廊の繋がりで？」

広斗が問うと、飯島はハッとしたように、軽く俯く。

「いえ……私はもともと、安城さんに支援いただいていて。後藤さんとは、それほど親しかったわけではありません」

飯島は短くそれだけを答え、続きを安城が引き取る。

「実はわたしと一番長い付き合いなのは、かおりちゃんなんだよ。さっき紫王さんに言い当てられてしまったが。『天指すアプロディーテー』のモデルである、かおりちゃんのお姉さんと知り合ったのがきっかけでね」

「飯島さんと安城さんの仲をお聞きするのは、僕もはじめてです」

素直な気性である大田が好奇心を隠さず続きを促し、安城は昔を思い出すように、とつとつと話を続けた。

「わたしがまだ二十三歳のとき、父の経営する会社を手伝っていて。そこに、うちが扱う商品のポスター広告のモデル役としてやって来たのが、かおりちゃんのお姉さんであるひかりさんだ」

「ああ、やはりあの彫刻でもお綺麗だと思っていましたが、ご本人もモデル業を？」

大田もまたステーキを食べ終え、ゆっくりと口元をナプキンで拭っている。

「本当に綺麗な方でね、わたしから声をかけて少しばかり深い仲になって。その関係で妹であるかおりちゃんとも知り合った、と。こういうことなんだよ」

広斗は、どこか照れを滲ませる安城の話に適宜相槌を打ちつつも、先程紫王の言ったことを思い出していた。飯島の姉は、彫刻と同じくらいの年齢で亡くなっているという。安城と飯島の年齢差を考えれば、姉であるひかりが亡くなったのは、安城と付き合って間もない頃なのではないかと予測はできる。

「飯島さんが彫刻をはじめられたのは、そのあとですか？」

紫王が飯島へ問いかけるが、答えたのは安城の方だった。

「いや、もう出会ったときから、彼女は芸術系の高校で彫刻を作っていたよ。恋人の妹というだけではなく、素晴らしい作品を作る子だと思ったので、当時からいろいろと応援させてもらっていたんだ」


話が一段落したそのとき、志村がデザートを運んできた。

横長のプレートに、様々な色のソルベが少しずつ乗せられている。まるで絵を描くときに用いるパレットのようだ。プレートの上にはチョコソースでそれぞれの名前が華やかに書き込まれている。

空になったメインの皿が下げられ、デザートが各人に行き渡った頃、キッチンから真崎を伴って木村が戻ってきた。

木村の姿を見た安城が手を叩きはじめたので、他の者もつられて拍手をする。木村ははにかむように笑い、その拍手を抑えさせるように手を軽く上げる。

「歓迎ありがとうございます」

「いや、今日も実に美味しかったよ、木村さん」

「喜んでいただけてなによりです。先日と同じメニューで申し訳ない」

客にまったく同じメニューを提供するという行為について、木村は謝罪の言葉を述べる。そんな彼に、広斗も心からの賛辞を口にする。

「本当に美味しかったです。いままで食べたことのある料理とはもう、格が違うって感じで。あ、デザートもいただきますね」

改めてデザートを食そうとプレートを見下ろし、いままでもしていたように、料理の見た目がどのようなものかを椋に伝えようとした広斗は、あることに気がついた。

「あれ。このソルベ、人によって種類が違うんですか？」

「よく気づきましたね、上林さん。色によって食べる方のイメージを表現していまして、盛り付ける種類を変えています。安城さん達は先日と同じですが、丸山さん達もそれぞれのイメージで盛り付けさせていただきました」

それぞれのプレートには五色のソルベが載せられているが、その詳細は、椋には青・茶・黒・白・赤。広斗には黄・オレンジ・赤・白・青。丸山には黄・赤・緑・

茶・オレンジ。紫王には白・黒・紫・オレンジ・緑といった具合である。

「こんなにたくさんの種類のソルベを作るのは、大変じゃなかったですか？」

「これはさすがにいまの仕込みの時間だけでは用意できないので、予めソルベだけは持ってきていたんですよ」

「やはりそうなんですね。でも、こうして選んでいただくと、なんだか自分専用にカスタムいただいているみたいで、さらに嬉しいです！」

広斗は声を弾ませてスプーンを手にすると、ソルベを掬って口へと運ぶ。当然のことながらソルベは色ごとに味や香りも違い、一口食べるたびに新鮮な驚きがあった。

「美味しい……」

口の中を甘くさっぱりとさせてくれる味わいに、椋も素直な感想を漏らした。

「マジでめちゃくちゃ美味しいですよ。真崎さん変わってくださってありがとうございます！」

スプーンを咥えたままの勢いで興奮気味に話す丸山。真崎は苦い表情を浮かべると、彼の後頭部を軽く小突く。

「まったくお前は……それが飯を食い損ねた上司に対する態度か」

「安心してください真崎さん。コース料理ほど手はかけていませんが、賄いも美味い自信があるので」

軽く笑いながら木村はそう語ると、

「では賄いの準備があるので」

とキッチンへ戻っていく。

「わたしも木村さんについていくが。くれぐれも、あとは任せたぞ、丸山」

「了解です」

丸山は指示を出されるとキリッとする。

デザートのプレートは食べ終えたものから志村の手によって下げられていき、すべての食事が終わったのは、事件当日と同じ七時ごろだった。

「うん、ちょうどですね」

腕時計を見て頷くと、丸山はダイニングにいる安城達へと視線を向ける。

「このあとの、事件当日の皆さんの動きを教えてくださいますか?」

「わたしと晴臣くんは、一足先に自室に戻っていたな」

「私と大田さんは、談話室に残って話をしていました」

「はい。飯島さんにお声がけいただいて、ちょうど一時間程」

安城が先に答え、飯島が続き、大田が同意する。

「では同じように行動していただきましょうか。安城さんを部屋まで自分がお送りしますので、紫王くん達は飯島さん達と一緒に、談話室に残っていてください」

丸山が椅子から立ち上がって指示を残すと、安城は軽く笑った。

「自分の屋敷の中で部屋まで送ってもらうだなんて、不思議な気分だな」

「念の為ですので、ご辛抱下さい」

「いやいや、誰も嫌だとは言っていないよ。今日も犯人が忍び込んでいたら困るからね。見守っていてもらえるのは助かる」

安城は冗談めかしながらもそう言って、丸山とともに部屋から出ていく。

「では僕達も、あっちに移動しましょうか」

紫王に促され、残った者達はダイニングと繋がっている談話室エリアへと移動する。だが、椅子から立ち上がった椋だけは、一度広斗に耳打ちをしてから、そのまま部屋を出て行った。

「あれ、椋さんどうしたんです?」

紫王が椋の様子に気づいて問いかけるが、広斗は笑顔で首を振る。

「ちょっと具合悪いみたいなので、一度部屋に戻るそうです」

「おや、そうなのですか。心配ですね?」

「まあ大丈夫ですよ。さて……お二人はここで、どんな話をされていたんですか?」

広斗は紫王に軽く応えながら、飯島と大田へ質問を投げかける。そんな広斗の様子を、紫王はどこか不思議そうに見ていた。

しばらくすると安城を部屋へ送っていっていた丸山も合流して、五人は事件当日の話を交えながらも、しばし他愛ない話に興ずる。

いつしか話題は事件当日の様子から離れ、特に大田が興味を示した『紫王の能力』について集中していった。


一時間後。

「もうそろそろ、お二人が部屋に戻られた時間ですね？」

「そうですね。なんだか夢中で話してしまった気がします」

「では、皆でお部屋まで参りましょうか」

時刻を確認した丸山が促し、全員で談話室を出ると二階への階段を上っていく。

その途中。

「あれ。そこにいらっしゃるのは、霧生さんでは……？」

階段の中程(なかほど)で、玄関ホールを見下ろしながら、大田が問いかける。

視線を下ろせば、玄関ホールの奥にあるドアから展示室の中へ、杖をついた椋が入っていくところが見えた。その姿を全員で確認して、大田がなにかを考えこむように眉を寄せる。

「こんなことまであの日と同じで、不吉な感じですね」

声を潜める大田の言葉に、丸山はすかさず自らの手帳を出して確認した。

「たしか事件当日もお二人はここで、先程の椋くんと同じように、展示室へ入っていく後藤さんを目撃したのでしたね？」

「あのときは、飯島さんが先に気づいたんでしたよね」

大田から話を振られ、飯島が頷く。

「そうです。ちょうどいまの大田さんみたいに声をかけた記憶があります」

「そうそう。まあ、後藤さんのことだから、展示室の美術品のラインナップを見て、新たに安城さんへ勧める作品を考えているのかなって、特に疑問にも思わなかったんですが」

二人の証言を聞きながら、丸山が広斗へと視線を向ける。

「椋くんを一人にしても大丈夫ですか？」

「大丈夫ですよ。椋さんは視界を塞いでいても、ほとんどのことは一人でできるんです。俺達には聞こえないような周囲の音を聞いているらしいですよ」

心配そうな丸山に対し、広斗が軽い調子で応えると、大田は出会ったときのような好奇心の眼差しを復活させる。

「ずっと気になっていたんですが、霧生さんのあの目隠しって、どういう意味なんでしょう。盲目の方なのかな、とは思っていたんですが」

「盲目ではないのですが、急に目が見えなくなることがあるので、普段からああして視界を塞いでいるんです。そうすると事故が起きませんから」

問いかけられた広斗は、にこやかに微笑みながらも椋の能力のことはいっさい出さずに返答した。

「なるほど。なんだかすごく雰囲気のある綺麗な方ですよね。紫王さんには失礼ですが、霊能力者っていう肩書きも霧生さんの方がぴったりだなって」

大田の感想に、広斗は瞳を輝かせる。

「やっぱり、大田さんもそう思いますよね！　椋さんって本当に綺麗で格好良いんですよ」

続けた返事には、先程までの受け流すような返答とは違ってかなりの熱意が込められている。好きなものを褒められると、ついつい嬉しくなってしまう人間の心理だ。

「僕が霊能力者に見えないっていうのは、よく言われるんですよね。褒め言葉として受け取っていますが」

紫王が笑いを交えながら応えて会話が一区切りすると、自然と再び全員で歩きはじめ、階段をのぼりきる。

部屋が並んでいる二階はシンメトリーの造りになっていて、容疑者たちが泊まっている部屋とその前の廊下の様子は、異能係一行の部屋がある側とほとんど変わりない。

飯島を丸山が、大田を広斗と紫王でそれぞれ部屋まで送り届けた。

「では、また後ほど」

そう挨拶をして大田の部屋のドアが閉まったその瞬間。紫王が唐突によろめく。

「おっと。紫王さん、大丈夫ですか？」

ふらつく紫王の体を支え、広斗は訝しげに彼の顔を覗き込む。

「ああ、すまない……どうしたんだろう、急にクラっときて。なんだか、ひどく眠い……」

紫王の呂律が怪しい。

「これが初捜査ですからね。ずっと能力を使っていて、疲れたのかもしれませんね。紫王さんもお部屋まで送っていきますよ。回復するまで休んでください」

紫王の顔色は悪くはないが、本人の言葉どおりに瞳は眠たげにとろりとしていて、どう見ても普通の状態ではなかった。ふらついただけではなく、体からも力が抜けていっている。

「丸山さん、ちょっと来てください」

飯島の部屋の前にいた丸山に声をかけ呼び寄せると、広斗は丸山と二人がかりで紫王を部屋へ送っていく。

紫王は自室のベッドに辿り着くと、すぐ深い眠りに落ちてしまった。

一方。木村、志村、真崎の三人がいたキッチン側。

彼らはダイニングでのディナーが終わってから、木村が作った賄いを共にキッチンでとり、八時頃に食べ終わった。

木村は部屋に戻ったが、志村はキッチンに残って皿洗いなどの片付けと清掃を済ませ、九時に部屋へと戻るという行動をとっていた。真崎は一度木村を部屋に送り届けるために離れてからは、以降ずっと志村についている。

時は進み、時刻は九時五十八分。玄関ホールにある展示室のドア前には、真崎と志村がいた。展示室の鍵をかけるために、二人揃って管理人室から出てきたのだ。

志村がドアノブに手をかけたとき、向かってくる足音がした。

「展示室の施錠の時間ですよね」

足音の主は、紫王の部屋から出てきた広斗だ。彼はのんびりとした歩調で階段を降りてくるところだった。

「広斗くんか。紫王くんの具合はどうだい？　ずっと任せてしまってすまないね」

広斗は紫王を部屋に送ってから、念の為と言って彼のそばについていたのだ。紫王が眠り込んでしまったことは、すでに丸山から真崎に情報が共有されている。

「ピクリともせず、ずっと眠っていらっしゃいますね。顔色は悪くないですし、呼吸も平常。心配することはないかなとは思います。展示室の施錠をするところに立ち会いたくて出てきました。構いませんか？」

　問いかけられ、真崎は頷く。

「もちろん構わないよ」

「お水や氷など、入用なものがございましたら、何でも仰ってくださいね」

「ありがとうございます、志村さん。……あれ、丸山さんは？」

　志村の優しい気遣いに微笑み、広斗はそこに、場を和ませてくれるふくよかな姿がないことに気がついた。

「ああ、九時から大田さんの部屋に木村さんが訪ねて行っているので、丸山にはそこについてもらっているよ」

「なるほど、そうでしたね」

　ふと、真崎は僅かに眉を下げる。

「正直、紫王くんが眠っているいま、事件当日の再現を続ける必要があるのかはわからないが」

「俺たちには眠っているように見えるだけで、もしかしたら紫王さんは眠りの中でもなにか、特別な能力を使われているのかもしれませんし。決めていたことを続けましょう」

「そうか、そうだね。では、志村さん。よろしくお願いします」

真崎に促され、志村は頷いてからドアを開ける。相変わらず、真正面にある仁王立ちの甲冑が目立つ。その場で視線を上げると、大鷲の像が見える。展示室の中はがらんとしていて、昼間皆でパーティーをしていたときと変わる様子はなかった。

「誰かいらっしゃいますか？　ドアを施錠しますよ」

展示室の中へ向け、念の為に志村が声を張って問いかける。声は、広い吹き抜けの空間に響くばかりで返答はない。

「さっき、椋くんは展示室の中に入っていったと丸山が言っていたけど、もう部屋に戻ったみたいだね？」

展示室の入口から中を覗き込み、そこに誰もいないことをたしかめると、真崎が広斗へと問いかける。

「俺自身、部屋に戻っていないので椋さんには会っていないのですが、多分そうだと思います」

広斗の言葉になんとなく違和感を覚え、真崎は目を瞬く。

他の人間が言うのであれば普通だが、彼の椋に対する普段の態度を考えれば、椋に対してそっけなさすぎる。

だが、真崎の眼差しを微笑みで受け止め、広斗は志村へと問いかける。

「事件当日も、同じような感じでしたか？」

「ええ、まったく同じで、中には誰もいませんでした。施錠しても構いませんか？」

志村の確認に真崎が頷く。真崎と広斗が体を引くと、志村はドアを閉めて、鍵穴に大きな鍵を差し込み回転させる。古めかしい錠だからか、ガコンと低く鈍い音がする。その音は、この場にいる三人全員に、ドアがたしかに施錠されたことを印象づけた。施錠すると音がするのであれば、事件当日も、鍵をかけ損なっているということはありえない。

「志村さんはこのあと、すぐ部屋に戻られましたか？」

「そのとおりです」

「では、部屋までお送りしましょう」

真崎が率先して歩き出し、志村と広斗もその後をついていく。管理人室は他の部屋とは違い、一階の廊下の突き当たりにある。いくら緑青館が広いとはいえ、ゆっくりと歩いてもすぐに到着してしまう距離だ。

「捜査は、如何ほどでしょうか。なにか進展は見込まれましたか」

その僅かな道中、志村が問いかける。彼の眼差しには、異能係の捜査にかける期待がいっそう満ちていた。期待が膨らんだ要因としては、昼間の展示室で、紫王の能力を目の当たりにしたことが大きい。

だが、真崎ははぐらかす言葉を述べて、志村の部屋のドアを開けた。

「まだ捜査中ですので」

志村はみるみるしゅんとしていく。そんな姿に、真崎は焦燥感をよりいっそう強く覚える。彼は、椋が後藤を刺した犯人の姿を見て、ズバリ言い当ててくれることをあてにしていた。

しかし椋の見たものは参考にならず、紫王は眠り込んでしまい、まだ昼間に聞いた以上の情報は得られていない。

念のため甲冑の中を鑑識に調べさせる手配はしていたが、真崎も、外部の犯人が甲冑の中に隠れていたとは思っていなかった。真崎にとって、いままでの捜査で得られた成果はほぼゼロに等しいのだ。

真崎は歯がゆい思いを抱えながら、とぼとぼと部屋の中へと入っていく志村を見送る。と、そのとき真崎の横に立っていた広斗が、見かねたように口を開く。

「安心してください、志村さん。絶対に真相を解明しますから」

「はい。どうか、よろしくお願いいたします」

志村が広斗に深々と頭を下げ、ドアが閉まる。広斗の力強い言葉によって志村には笑顔が戻っていたが、真崎の表情は、苦虫を嚙み潰したようなものになっていた。

「広斗くん、軽々しく請け負ってもらっては困るよ」

「すみません。でも、椋さんがいれば大丈夫ですから。異能係は外部パートナーへの信頼がないと捜査が成り立たないんですよね？　真崎さんも安心してください」

「んっ、ああ。そうだな……」

「俺たちも、大田さんの部屋に合流しますか？」

やや棘のある広斗の言葉に引っ掛かるものを感じたが、真崎は深追いしなかった。

広斗と真崎は無言のまま、大田と木村、丸山の待つ部屋へと向かう。

そして『作戦』が動き出す。

3

腕時計に視線をやり、真崎が口を開く。

「では、そろそろ展示室に……」

実際の事件が起きた十一時が迫り、移動を開始しようかと、その場にいた全員が腰を上げかけた瞬間。

緑青館中に叫び声が響いた。

まさに、事件当日の夜をそっくりそのまま再現するかのようだ。誰の声かまではわからないが、男性の声であることは間違いない。

誰よりも早く動きはじめたのは真崎だ。大田の部屋のドアを押し開け、廊下へと飛び出していく。すかさず丸山が続き、その後を、広斗、大田、木村の三人が追う。どたどたと足音を立てることも厭わず全員が階段を駆け下りて、声のした展示室へ向かった。真っ先に到着した真崎がドアノブに手をかけるが、ドアには鍵がかかっていて開かない。

「丸山、志村さんから鍵を借りてきてくれ！」

真崎の飛ばした指示に丸山が反応し、志村の部屋へと走る。なにごとかと廊下へ顔を出していた志村は、慌てて展示室の鍵を丸山へと手渡した。すぐに志村自身もやってくる。

丸山が展示室へと走って戻り、さらに鍵を真崎へ手渡す。そうこうしている間に、各々の部屋で過ごしていた安城と飯島も玄関ホールへ集まってきていた。

「いまの叫び声、いったいなにがあったんですか？　事件の再現のために流しただけですよね？」

不安げに安城が問いかけを口にするが、誰も返事をしない。

解錠を果たした真崎がドアを開け放った、その瞬間。

展示室の真上から、なにかが降ってきた。

人ほどの大きさのものは、展示室の中央に置かれた『天指すアプロディーテー』の上へと落下し、一瞬静止する。だがそのまま落下の勢いに負けて傾ぐと、最終的には像の右横にあたる床の上へと向きを変えて落ちた。ちょうど、後藤の遺体が倒れているのが見つかった位置に重なる。

落下したものをよくよく見ると、それは筒状に丸めて紐でぐるぐる巻きにされ、人ほどの大きさに整えられた毛布であることがわかった。毛布のちょうど中央あたりに、宝石に飾られたナイフが突き刺さっている。

「なんっ……」

そんなものがどこから落ちてきたのかと、真崎はすぐさま天井を見上げる。だが、見えるのは翼を広げる大鷲の像ばかり。

一同が戸惑いと困惑に包まれているさなか、真崎の隣まで出てきた広斗が上へ向かって声を張り上げる。

「椋さん、バッチリです！」

「椋くん？」

真崎は広斗の言葉をただ復唱することしかできなかったが、すぐに天井から聞こえてくる椋の声を聞く。

止める。

「良かった。広斗、降ろしてくれ」

「了解です。いま下ろすので、しっかり掴まっていてくださいね」

ざわめく一同。いったいこれはなにごとかと、お互いに尋ね合う混乱の中。騒動を意に介さぬ様子で、広斗は入口横にあるタッセルのスイッチを引いた。小さなモーター音を立てて、シャンデリアと大鷲の像がゆっくりと下降してくる。シャンデリアの高さはさほどないが横に広く、おおよそ直径三メートル程。床に置かれた展示物にぶつからないぎりぎりの高さまで下ろすと、広斗はスイッチを操作して電動昇降機を止める。

動作が止まったのを確認して、シャンデリアの上から降りてきたのは椋だった。床に着地しよろめく椋を、すかさず近寄った広斗が受け止める。

「お疲れ様でした。大丈夫ですか？」

「ああ。暇で暇で、とにかく寝ないようにするのが大変だった」

椋の軽口に、広斗が小さく笑う。目の前でいつものやりとりをする二人に、ぽかんとしていた真崎がようやく自我を取り戻した。

「これはいったい、どういうことなんだ？　椋くんはなぜそんなところにいたんだ」

広斗が手を離すと、椋は杖を両手でついて、すっくと一人で立つ。

「いま見ていただいたのが、後藤さんを殺した犯人が使った、密室トリックです」

彼の目元は依然として目隠しに覆われているが、顔には自信が宿っていた。

「いまの、というのは……」

次に問うたのは安城だ。まだ状況を飲み込めていない者たちの反応に、椋は頷く。

「はい。トリックと、俺と広斗がしたことを、すべて説明させていただきます」

そう前置きをしてから、深呼吸を一回。形の良い薄めの唇を開いて、椋は落ち着いた様子で語りはじめた。

「まず、この殺人事件の重要なところは、展示室の中に誰も居ないことを確認した者がいるにも関わらず、完全に施錠されていた密室に、突如として遺体が出現したことにあります」

彼の語り口は実に堂々としたもので、その場にいる全員が押し黙って椋の話を聞いていた。

「事件当日は、志村さん一人でした。そして、今日は……広斗、誰がいた？」

「志村さん、真崎さん、俺の三人で展示室が無人であることを確認して、施錠をしました」

広斗の答えを聞き、椋は真崎へ顔を向ける。

「では、真崎さんは今日、見たはずですよね。施錠をするとき、展示室には誰もいなかったことを」

「ああ、そうだ。誰もいなかった」

問いかけられ、真崎は呆気にとられながらも素直に答える。

「そのときに誰もいなかったはずなのに、いま鍵を開けて展示室に入ってきたら、俺がいた。真崎さん達が展示室を確認したとき、俺はどこにいたと思いますか？」

「どこって、いま椋くんはシャンデリアの上から……まさか」

答えかけ、そこでようやく真崎もピンときたようだ。

「そうです。俺は、真崎さん達が展示室の中を確認して、ドアの施錠をしていたとき、ずっとこのシャンデリアの上にいたんです。そして、この」

椋は、手にした杖で床の上を探ると、そばに落ちていた毛布を丸めたものを、杖の先でちょいちょいと指し示す。

「可哀想な毛布は、シャンデリアの下にぶら下げたままにしていました。つまり事件当日も、後藤さんは、志村さんが展示室の無人を確認したときから、遺体となって発見されるまで、ずっと展示室の中にいたんですよ」

「でもそんなの、志村さんが上を見たら気づかれてしまうのでは？」

大人しく話を聞いていた丸山が口を挟む。しかし椋は動じることなく、頷き一つで返した。

「真崎さん、さっき展示室に入ってきて、俺の声が上から聞こえたとき、なにが見えましたか？」

「大鷲の像が見えた。像に隠れ、シャンデリアはほとんど見えていなかった」

真崎の返答に、椋は頷く。

「そのとおり。入り口からは大鷲の像の死角になって、シャンデリアが見えないのです。もちろん、展示室の中に入ってきて見上げたら見えたと思いますが、志村さんはあくまで『展示室の中に人が残っていないかどうか』を確認していたのです。そのような行動をする可能性は低い。志村さんがいつも入り口から確認して施錠をする習慣があったことは、緑青館にたびたび滞在していた皆さんなら、知ることは容易です」

なるほど、と丸山が小さく呟く中、真崎は依然横たわる疑問を口にする。

「だが、後藤さんは刺殺体として発見されたんだよ。落下死ではない」

「はい。この毛布をもう一度見て下さい。もし再現が上手くいっていれば、毛布の中央、人であればちょうど腹部あたりにナイフが刺さっていますよね」

椋は再度、杖の先で毛布を探りながら、突き刺さっている美しいナイフを示す。そのナイフは、実際に後藤殺害に使用されたものと酷似していた。ナイフの展示していた壁を見れば、そこからさらに一本なくなっているのがわかる。

「このナイフ、突き刺してからぶら下げたわけではないんです……広斗、やったことの説明を頼めるか」

「はい」

椋から名指しされ、今度は広斗が全員の視線を浴びる番だ。

「時系列順に説明させていただきますね。まず、皆でディナーを終えたあと。俺は飯島さん、大田さん、紫王さん、丸山さんと一緒に談話室にいました。話を終えた一時間後には、皆さんと一緒に展示室に入っていく椋さんを確認しています」

広斗の説明に、名前を挙げられた面々が頷いている。

「そして、突然の眠気に襲われた紫王さんを丸山さんと一緒に部屋へ送っていったあと、ずっと紫王さんのそばにいました……というのは、嘘です」

「なっ？」

爽やかな笑顔で平然と語られた『嘘』という言葉に、真崎が声を漏らした。広斗は表情を変えぬまま続ける。

「ちょうど八時半ごろ。俺は紫王さんの部屋にあった毛布を紐で巻いたものを持ちながら、誰とも会わないようにして展示室へ向かいました。そして、展示室に先に入っていた椋さんと合流。まずシャンデリアを、いま降ろしているあたりまで降ろします。次に椋さんを上に乗せて、シャンデリアの下に、この毛布を巻いている紐を引っ掛けるようにしてぶら下げました」

広斗は位置や物をわかりやすいように、身振り手振りを交えて言葉を紡いでいく。

「シャンデリアを元の位置まで上げ、壁に展示してあるナイフから、後藤さん殺害の凶器に一番形状の近いものを選びました。最後に、この『天指すアプロディーテー』の伸ばしている右手にナイフを握らせるようにセッティングしたら、工作は終わりです。そっと展示室を出て紫王さんの部屋に戻り、時間を見計らって真崎さん達に合流しました」

説明が終わると、広斗は再び黙った。バトンを渡されたことを理解した椋が話を引き継ぐ。

「この毛布を後藤さんだと考えてください。シャンデリアにぶら下げられた状態から落下した後藤さんは、まず『天指すアプロディーテー』の手の先に持たされたナイフに腹部を刺され絶命。次に、その勢いのままナイフごと横に落ちて、床に仰向けに倒れました。この仕掛けがきちんと動作することは、いま皆さんの目の前で実演できたかと思います」

椋は努めて淡々とした口調で述べながら、杖を握る手に力を込めていた。この工作が実際に人の命を奪ったものであることを、彼はしっかりと理解している。椋が語るには、どれも重い言葉たちだった。

「だが、『天指すアプロディーテー』に血飛沫なんてかかってなかったぞ」

安城は、疑問が口をついて出たように問いかける。

「真崎さんに丸山さん……あと大田さんはおわかりになるかと思いますが。人の体は、刺された瞬間はあまり血が出ません。体に刺さったものを抜いたときに主に出血しますが、後藤さんの場合は発見されるまでナイフは刺されたままですから、血飛沫が周囲に飛ぶことはなく、血がつく可能性も高くはありません。床に広がっていた血は、後藤さんが床に落下したあとで体の外へと滲み出したものだと思います」

全員が実際にいま目撃したものと、椋と広斗の説明は合致する。

おお……と、感嘆のどよめきが広がった。

「だが晴臣くんを発見したとき、いまのようにこの場には皆が揃っていた。……ああ、かおりちゃんは来ていなかったが。でも彼女はずっと部屋にいて、シャンデリアの上にいることなどできなかっただろう。つまり、このトリックで晴臣くんを殺したのは、やはり外部の人間だったということか？」

安城が早口で椋へと問いかける。

広斗には、安城の気持ちが痛いほど理解できた。今日一日彼らと一緒に時間を過ごしてきて、彼らが悪人でないことはよくわかった。そして安城にとっては、彼らは友人なのだ。その中の誰かが犯人だとは思いたくはないに決まっている。

「いえ、それは残念ながら、違います」

広斗と同じことを考えていた椋の否定する声が沈む。

「毛布は勝手に動いたりしないので、今日は仕方なく俺がシャンデリアの上に乗り、俺が叫び声を上げて皆さんを集めてから毛布を落下させましたが。後藤さんは、自分で落ちたんです」

「自分で落ちたって、自殺ってことですか？」

疑問の声を出す丸山に、椋が首を振る。

――あれは、後藤さんの断末魔の悲鳴。後藤さんは俺に、真実を明かすことを望んで、いまなお訴えかけてきているのだと、信じたい。

そう心の中で呟く彼の脳裏には、昼間に展示室で見た、後藤の死の間際の映像が思い浮かんでいた。椋は説明を続ける。

「後藤さんは、シャンデリアから落下したあと、ナイフが刺さって亡くなったんです。つまり落ちる前、シャンデリアにぶら下げられているときは、もちろん生きていた。みなさんが聞いた叫び声は、間違いなく後藤さんのものだったんです」

一瞬の静寂。

誰かの唾を嚥下する喉の音がいやに大きく聞こえた。全員が、事件の日に聞いた叫び声について思い出していた。

「後藤さんは目を覚ましたとき、状況をまったく飲み込めなかったでしょうね……」

椋は再び、そう静かに語り出す。

「遠くに床が見える。体の感覚で、自分が宙につられていることを理解する。多くの人は、自分が高所で宙づりになっていると気づいたら、とっさに暴れるはずです。後藤さんもそうした。そして、シャンデリアに引っ掛けられていた、彼のしていたサスペンダーが衝撃で外れ、落下したんです」

「だから、サスペンダーが外れていたのか」

説明に納得したように、そして後藤の最後の恐怖を想い、大田が暗い声で呟く。

「目を覚ました、ということは、後藤さんは……」

椋の説明を受け、理解した真崎が言葉を続けようとしたそのとき。

「もちろん、睡眠薬で眠らされていたんですよね」

展示室の入り口から声がした。先程まではいなかったはずの紫王が、ドアの木枠に凭れ掛かるようにして立っていた。

4

「紫王さん、大丈夫ですか？　体の具合は？」

紫王の姿に、広斗がすぐさま問いかける。紫王は苦い笑顔を浮かべると、軽い挨拶をするように片手を上げた。

「広斗さん、世話をかけましたね。いまはもう大丈夫です、少しダルいくらいで」

寝ていたためついてしまった乱れを整えるように手で髪を梳きながら、紫王は展示室の中程まで歩いてくる。言葉どおりに、所作が必要以上にゆったりとしている。

「つい先程目が覚めたんですよ。この感じ、僕は以前も体験したことがあるのでわかりますが、僕も後藤さんと同じく、睡眠薬で眠らされていたみたいです」

「何だって？」

驚きの言葉を発する真崎に、紫王が心外だとばかりに片眉を上げて軽く笑う。

「何の理由もなく、僕が捜査の途中で突然寝入ったと思っていたんですか？　まぁ、まだまだ信用がないのは仕方がないところですけどね。もうちょっと心配してくれてもいいんじゃないですか」

「君は霊能力者だし、力の使いすぎで具合が悪くなったのかな、と……」

真崎は言い訳をしかけたが、考えてみればそうかと、すっかり黙り込む。

「昼間の心霊捜査の披露を聞いて、僕のことを脅威だと感じた犯人が、少しでも捜査を妨害するために眠らせることにしたんでしょう」

紫王はそこで言葉を区切ると、視線を真っ直ぐに木村の方へと向けた。

「ねえ、木村さん？」

突然の指名だった。

展示室にざわめきが満ち、全員の視線が木村へと集中する。名指しされた当の木村は、眉根を寄せて黙りこくっている。その様子からは、肯定や否定の意思を読み取ることは難しい。

「木村さん……？　いったい、なぜ彼だと？」

狼狽えた安城の問いかけに、紫王が頷く。

「トリック諸々は、椋さんと広斗さんが説明したことが真相なのでしょう。あんな突拍子もない方法をよく思いついたと思います。ただ僕は僕のやり方で、木村さんが犯人だということがわかりました」

紫王はそう語りながら、木村へ手を差し出すように向けて示す。

「もちろん、守護霊に聞いたんですよ。木村さん本人の、ね。木村さんの、亡くなった弟さんに」

紫王が『弟さん』という言葉を発したとき。ただ感情を押し殺すように立ち尽くしていた木村の体が、動揺するように微かに動いた。彼の握り込んだ拳に力が籠もる。

「木村さんは昼間、亡くなった弟さんとは何年も連絡をとっていなかった、疎遠だったと仰っていた。しかし、それは嘘です。弟さんからは、兄を慕う深い親愛の情を感じました。そして、彼自身が精神的に病んでいたことと、後藤さんに恨みを抱いていたことも」

紫王は自身のこめかみのあたりを指先でトントンと叩く。

「僕は何でも見透かすことができる訳ではなく、守護霊から得られた情報から、自分で考えて答えを導き出すにすぎません。なので、ここからはあくまで僕が頭で考えた憶測ですが」

そう前置きと一呼吸を入れてから、紫王は再度語りだす。

「おそらく元々精神的に病んでいたところはあったのでしょうが、弟さんを自殺に追いやる最後のひと押しをしたのが後藤さんだった。木村さんは、その事実を知り、後藤さんを殺すことにした……弟さんは複数の睡眠薬を常用しており、死因も睡眠薬の過剰摂取。どの睡眠薬がどのような作用を及ぼすか、ずっとそばで弟さんを見てきた木村さんは、よくご存知だったはずです」

紫王は椋へと視線を向ける。

「今回、椋さんと広斗さんが暴いてくれたトリックには、睡眠薬の存在が欠かせませんね？　眠りから目覚めて、被害者が動いてくれてはじめて、殺人の仕掛けが作動するのですから。言わば睡眠薬による時限爆弾。睡眠薬を服用してからどれくらいの時間で眠りはじめ、どれくらいの時間で目覚めるかを、犯人は知っている必要がある。

なぜなら、その時間に合わせて他の仕掛けを行い、自分のアリバイ工作をする必要があるからです。それに加えて、仕掛けの一端を担っている特注のサスペンダーも、木村さんから後藤さんにプレゼントされたものだ」

　次に紫王は、大田の方へと向いた。

「事件当日、木村さんは大田さんの部屋を訪ねていますね？　それは、木村さんから約束を取り付けてきたことだったはずです」

「そのとおりです。このところ体調が優れないので、その相談をしたい。九時頃に部屋に行っても良いかと、パーティーの途中で声をかけられました」

　大田が同意をするのを聞き、紫王は満足げに頷く。

「大田さんと一緒にいるときに、一緒に被害者の悲鳴を聞き、共に駆けつけて遺体を発見する。これ以上のアリバイはありません。おそらく後藤さんを展示室に呼び出したのも、大田さんにしたような約束を取り付けたのでしょうね。彼は仕事に熱心な方のようでしたから、なにか作品が買いたい、相談したいと言えば、まず断られることはないでしょう。展示室で待っていると、後藤さんは強烈な眠気に襲われて、そこで眠りについてしまう」

　そこまで紫王の話を聞き、はっとしたように安城が自分の口元へ手をあてる。

「睡眠薬は、ディナーの中に仕込まれていたってことか？」

「そう考えるのが自然かと思います」

紫王は頷いたが、真崎がそれに異を唱えた。

「ん？　だが事件当日はともかくとして、今日は調理の最中もずっと丸山か、わたしが付き添って監視をしていたんだよ。その目を掻い潜って、紫王くんにだけ睡眠薬を盛るなんてことができたのだろうか」

「自分も、ディナー中は真崎さんに代わっていただきましたが、それ以外は調理から目を離さなかったことは自信を持って言えます」

真崎の言葉に、丸山もまた同意を示す。

追い風を感じたかのように、いままで黙りこくっていた木村がようやく口を開く。

「そうです。事件の当日も今日も、皆さんに同じメニューをご提供しています。それに見ていただいていたように、給仕はすべて志村さんにお任せしていました。どの皿が誰の元へ運ばれるかなんて、俺にはわからなかった」

「志村さん、本当ですか？」

真崎に問いかけられ、安城の影に隠れるようにして立っていた志村が、コクコクと数回頷く。

「そのとおりです。別段、どの皿を誰に、というようなご指示は受けておりません」

「それは……」

紫王が一瞬言い淀んだそのとき。話を引き継ぐように声を発したのは、広斗だった。

「ソルべじゃないですか」

全員の視線を受け止め、広斗は顎に指をかけながら、記憶を辿る。

「デザートで出されたソルべ。あれだけはここで調理されていません。加えて、誰にどの皿を提供するかなんて指示をしなくても、食べる人に向けて、チョコソースでそれぞれ名前が書いてありました。そして……」

広斗は、木村へ悲しげな眼差しを向けた。それは、決して責めるようなものはない。ただただ『なぜだ』と問いかけるような、焦げ茶の瞳。

「他の種類のソルべは複数の人に提供されていたのに、紫のソルべだけが、紫王さんに出されていた。紫王さんの名前にぴったりだから、それだけの理由かなって、思っていたんですけどね」

木村は、広斗の視線を避けるように、ゆっくりと俯いた。

「今回殺害に利用された睡眠薬は、木村さんの弟さんのものだった。残っている紫のソルべを分析すれば、弟さんに処方されていた睡眠薬と同種のものが検出されるはずです」

紫王が静かに言い添え、真崎に視線を向ける。

その意図を汲み取った真崎に指示を送られ、丸山が展示室から出ていった。キッチンへ向かい、その冷凍庫に入っているソルベの残りを分析に回すのだ。

しん、と静まり返った展示室の中に、啜り泣きの声が響く。木村は俯いたまま、肩を震わせ泣いていた。拭うことも抑えることもしない涙が床へと落ちていく。

「木村さん」

すぐそばに立っていた大田が、彼の肩をそっと撫でる。殺人犯だとわかったいまに至っても、彼は木村を避けるような行動ができなかった。

「紫王さんと霧生さんの、仰るとおりです」

大田の手の感触に背中を押されたかのように。涙を流しながら、震える声で木村が言葉を紡ぎはじめた。

「弟は、隆二（りゅうじ）は……美大を卒業して、道に迷っていました。地元の会社に、営業として就職はしましたが、社会に上手く馴染めなくて、一年で辞めてしまいました。鬱病を患って、それでも絵だけは描き続けていて。俺にとっては、優しくて可愛い自慢の弟だったんです。俺のレストランに飾ってあった絵は、全部隆二が俺のために描いてくれたものでした。それを安城さんに褒めてもらえて、俺は自分のことのように、すごく嬉しかった」

木村の言葉に、安城は目を見開く。その絵が木村の弟の描いたものであることを、彼はいままで知らなかったのだ。

「後藤と知り合って、俺は隆二を紹介しようとしました。後藤の画廊で隆二の絵を扱ってもらえれば、画家としてやっていける。隆二ははじめ嫌がりましたが、俺が半ば無理やり約束をとりつけて……」

そこで、木村の嗚咽が激しくなる。

「隆二が一番自信のあった絵を持って後藤の画廊へ行った日の夜、俺は隆二の部屋に行きました。きっと笑顔を見せてくれると思ったのに……隆二はいままでにないくらい泣いていて、時間をかけて描いた大切な絵を、ビリビリに破ってしまっていた」

木村がゆっくりと顔を上げる。

「その日は、隆二を宥めて俺は帰りました。あの晩、ずっとそばにいてやればよかった。どうして大丈夫だと思ってしまったのか……次の日、店を終えて隆二の部屋に行くと、隆二はすでに亡くなっていました」

そのまま、木村の眼差しは安城へと向いた。

「俺は、後藤の画廊でなにがあったのかを知りました。後藤は隆二自身と、隆二の作品をひどく貶(けな)した。そして、そこに来ていた客も、隆二の作品をこき下ろした……あとで調べたら、その日、後藤の画廊に行っていた客は、安城さん、あなただった」

「待ってくれ、わたしはなにも知らなかったんだ。ただ、晴臣くんに絵を見せられて、どうかと聞かれたから。ただ素直に……」

そう口にしたとき、安城もまた思い出していた。画廊へ行った日。そこにいた自信のなさそうな若い青年と、見知らぬ絵を見せてきた探るような後藤の姿を。作者の覇気のない姿を見て、作品への印象が変わらなかったと言えば嘘になることを、彼はしっかりと自覚していた。『素直に意見を言っただけ』と、そう言いかけた安城の言葉に、木村の瞳に怒りの炎が燃える。

「許せなかった。後藤を……そして安城さん、あなたのことも。隆二の無念を晴らす方法が、俺にはこれしか思い浮かばなかった」

彼の苦しげな声を聞き、いままで黙って話を聞いていた椋は、たまらなくなって口を開く。

「どうして、殺さなければならなかったんですか。それも、あんな風に彫刻を使って。美術作品で人を殺すことが、絵を、美術を愛していた隆二さんの無念を晴らすことになるんですか？」

その問いかけに、木村はしばし答えなかった。けれども目を閉じると、ゆっくりとあの晩あったことを思い出すように語りはじめる。

店を閉めたあとの木村が隆二の部屋に到着したときには、すでに真夜中を過ぎていた。玄関ドアの鍵は開いていたが、分厚いカーテンが閉めきられた真っ暗な室内。

不審に思いながら電気をつけた木村の目に飛び込んできたのは、フローリングの床に無造作に敷かれた布団の上に横たわり、すでに血の気を失っていた隆二の姿だった。周囲に散らばったあまりにも多量の、睡眠薬が入っていた空の包装シートに、なにが行われたのかを知るのは容易だった。

「隆二、どうしてだ、隆二っ……頼む、目を開けてくれ……」

必死に呼びかけ、肩を揺さぶったときに触れた冷たく強張る体の感触に、無駄だと悟りながらも、すぐさま一一九に電話をした。

布団脇のテーブルに置かれた数枚の紙に気づき、救急車の到着を待つ間に、震える手で読む。

『兄さん、弱いぼくを許してください。せっかく兄さんに紹介してもらった人だったのに、ぼくはだめでした。ぼくの絵は、誰も欲しがらないと言われました。ぼくの絵に似た、もっといい作品はたくさんあるそうです。ぼくのように小さい頃から絵しか描いてこなかったような人間で、もっと素晴らしい人もたくさんいるそうです。

画廊に来ていたお客さんにも、ぼくの絵は買う価値がないと言われました。ぼくの絵に価値がないなら、絵しかないぼくにも、たしかになんの価値もありません。

どうしよう、兄さん。後藤さんの、ぼくを見る目が忘れられません。人が、外に出るのが怖い。怖いのに頑張っていたのに、価値のないぼくが、頑張って生きていく意味がわからなくなりました。

でも、死ぬのも怖い。だから、死んでしまうかどうか、わからない量の睡眠薬を飲みました。世界がぼくの価値を少しでも認めてくれたら、もしかしたら助かるかもしれません。でも僕に本当に価値がないのなら、きっと死ぬと思います。だからきっと死ぬと思います。兄さんごめんなさい』

隆二の多量の涙で滲んだ震える文字を読みながら、木村は咽び泣いた。

木村は、隆二の絵に才能があることを確信していた。そして、隆二の才能が素晴らしいことを隆二自身にもわかってもらうために、後藤には、隆二が自分の弟だとは伝えていなかった。ただ、自分の知る新人アーティストの作品を見て判断して欲しいと紹介しただけだ。

それがこんな結果になって巡ってくるとは、予想だにしていなかった。こんなことになるなら、弟だと伝えておけばよかったと、何なら一緒に行けばよかったと後悔しても、もう手遅れだ。

木村の知る後藤はいつも明るくて、気遣いができ、誠実で、誰に対しても腰の低い人物だった。

その『誰に対しても』という前提が、彼が金になると判断した人間だけが対象であったことを、木村は知らなかったのだ。

隆二の葬式が済んだ翌日、木村は後藤に知られないように後藤画廊に行き、隆二が画廊を訪れた当日の様子を知るスタッフからも話を聞いた。

後藤は絵を見る前から隆二のオドオドとした姿を見るなり鼻で笑い、以降ろくに話を聞いていなかったそうだ。そして隆二の絵を価値がないと判断した客は、安城だった。

後藤への、そして安城を巻き込んだ復讐の計画は、その瞬間からはじまっていた。

復讐の現場に選ばれた、美術作品に囲まれた展示室の中で、木村はついに涙を捨てて淡々と語る。

「隆二は自分を試して死にました。だから、俺も後藤を試してやったんですよ。もし後藤に生きる価値があったら、美術が後藤を愛していたら、途中で志村さんが気づいたかもしれない。サスペンダーは外れなかったかもしれない。ナイフの上には落ちなかったかもしれない。刺さる場所が良くて助かったかもしれない」

クッと、喉の奥で木村は笑う。

「でも、ナイフが腹に刺さって後藤は死んだ。あとは、俺の犯行が気づかれるかどうかでした……俺も、助かる価値のない人間だったんだろうな」

そこまで語りきって、木村は口を噤んだ。もうなにも話すことはないとでも言いたげに、再び俯いて。

　真崎は木村へ近付くと、大田の代わりに彼の肩を抱くようにして促した。他の者を展示室に残して、真崎と木村は玄関ホールへと歩いていく。その途中、彼らが一度立ち止まると、なにか話し声がしてから、カシャンという軽い金属の音がした。おそらくあれが手錠をかける音なのだろうと、椋は静かにその音を聞く。

　そのとき、展示室に来てから一度も口を開かなかった飯島が前へと進む。

「待ってください。私も行かなければなりません」

「かおりちゃん？　どうしてだい、ちょっと」

　そんな彼女の姿に驚きの声を上げ、引き留めようとしたのは安城だった。だが、飯島は歩みを止めない。

「ごめんなさい、安城さん」

　視線も向けずに残された飯島からの言葉は、それだけ。

　しかし木村もまた、驚きに満ちた顔で飯島を振り返る。

「どうして、飯島さんまで来なければいけないんだ？　彫刻の手にナイフが嵌るような形状になったのは、俺があの手この手で君を唆(そそのか)したからだ。俺は君に一度も協力を要請していない」

　飯島はゆっくりと首を振る。

「たしかに、木村さんはなにも話しませんでした。でも私は、木村さんが『天指すアプロディーテー』にナイフを握らせようとしていることは気づいていました。なにをしようとしているかも、わかっていました。だから私は、大鷲を作ったんです。入り口から見上げてもシャンデリアが見えなくなる場所に、設置を要望しました」

大胆な告白に、その場にいる全員が息を飲んだ。

緑青館で住み込みで彫刻に励んでいた飯島は、このところ足繁く館にやってきていた木村が、展示室と自身の作品になにかしらの計画を持っていることを素早く察知していた。

また彼女は友人ではなく、アーティストの立場として後藤の別の一面も知っていた。木村と後藤の間に起こったできごとを調べるのに、そう時間は掛からなかった。

どうすべきかと戸惑う真崎に、紫王がなにかを囁く。

真崎は頷くと、木村と共に飯島も連れて行った。真崎の呼んだ応援のパトカーによって、木村と飯島は丸山に付き添われ、警察署へと連行されていった。

その逮捕劇は、真相が明かされてから、あまりにも短い時間のできごとだった。

茫然自失となった安城に代わり、志村が場をとりまとめる。

「皆さん、もう夜も遅いですので、今晩はどうぞお部屋でお休みください。よろしければ、明日は八時に朝食をご用意いたしますので」

そう促され、黙りこくったままの大田は静かに自分の部屋へと帰っていった。立ち尽くしていた安城も、志村に手を引かれるようにして歩き出す。

「椋さん、俺たちも行きましょうか」

広斗に声をかけられ、椋も頷くと歩き出そうとして、ついた杖が毛布にひっかかった。その瞬間に、この作戦のために使用してしまったナイフや毛布の存在を思い出す。

「あ。これ、安城さんに勝手に使ったこと謝らないと」

その声を聞いていた志村が、安城の背を支えながら、遠くから構わないと笑う。

「そのままにしておいてください。後の片付けはわたくしがやっておきますので。その……本当に、ありがとうございました」

不意にかけられた、いたって自然な感謝の言葉に、椋は一瞬動きを止める。安城と志村は展示室から出ていったが、椋はまるでその背を見送るように、立ったまま。

「椋さん、どうしました？」

「広斗。俺、なにかの役に立てたのかな」

ぽつり、と。ごく小さな声で呟かれた言葉に、広斗は目を細めて微笑む。

「もちろんですよ」

木村の言葉を聞いて以降、ずっと暗く沈んでいた椋の顔に、微かな笑顔が戻る。

そこに、パトカーまで付き添っていた紫王と真崎が帰ってきた。

「二人ともお疲れ様。まずは、謝らせてほしい。椋くんのことを信じられなくて、本当に申し訳ない」

そばにやってくるなり、真崎が真っ先に頭を下げる。その謝罪の意を表す姿は椋の目には映らないが、彼が深々と頭を下げたことは音と気配から感じることはできた。

「真崎さんが謝ることとなんてなにもありません。俺たちこそ、勝手なことしてすみませんでした」

「いや、密室のトリックを暴いてくれたこと、本当に感謝しているよ。お手柄だった、ありがとう」

志村に続いて真崎からも告げられた『ありがとう』の言葉に、椋は、また少しだけ嬉しそうに笑う。

それから真崎は紫王へ向く。

「紫王くんも、お疲れ様。ありがとう」

「僕は、守護霊から感じたことを言っただけですから。僕が、木村さんが犯人に違いないと主張したって『トリックはわからない、物証もない』では逮捕はできませんしね。むしろ、木村さんが犯人だろうなってディナーのときには何となく思っていたのに、睡眠薬をまんまと摂取して、不覚でした」

「いや、あれはわたしと丸山の落ち度だ。後遺症のない睡眠薬だったからまだ良かったものの、毒薬であったら取り返しがつかなかった。今回の、現場を再現していく捜査方法の効果もわかったが、安全性は今後、改良していかなくてはね」

「ぜひ、よろしくお願いします」

紫王は頷くと、ふと広斗を見た。

「そういえば、広斗さんもすごかったですよね。紫のソルベが僕にだけ提供されていたなんて、よく憶えていたなって。僕は気づきもしませんでしたよ」

「ああ……それは」

指摘された広斗は、どこかはにかむように笑った。

「紫ってミステリアスで高貴で知的な雰囲気じゃないですか？　俺だったら椋さんにも紫のソルベを出すのになって思ったので、憶えていたんです」

「実に広斗くんらしい」

納得したように笑う真崎に広斗は自慢げだ。

一方、うっかり巻き込まれた椋は、顔を隠すように額に手をあてていた。

第四章　進む者

1

空には、正円に近い美しい月が浮かんでいる。月の光が強すぎて、他の星が見え難くなっている程だ。雲ひとつない夜空は、付近に街頭などが存在しない私有地だからこそ、いっそうの輝きを増しているようであった。

しかし目隠しをしたままの椋は、空を見上げている訳ではない。彼はただ緑青館のバルコニーで手すりにもたれ、澄んだ外の空気を味わっていた。昼間はうんざりする程に上がっていた気温も、風の心地よさを感じるのにちょうど良い頃合いまで下がっている。逆に緑青館内の完璧な空調管理の中にいて、体が冷えすぎていた程だ。

このバルコニーは玄関ドアの真上に位置し、二階廊下から出られる。振り向けば廊下越しに玄関ホールを見下ろせる位置関係で、バルコニーからは庭園が臨めた。いまはもう夜中の一時を回っており、庭園の中心にある噴水も止められていた。廊下の照明も、常夜灯を除いて消灯している。

けれども、館内全体が暗いことは、視界に頼らない椋にとっては関係のないことだった。ただ、ひっそりとした気配が心地よいと感じていた。

朝に家を出てから随分と長い一日だったと、椋は思う。事件がすべて終わったのは十二時近いことで、まだ興奮が体の中に燻っている。耳を澄ませば、遠くに虫の声が聞こえる。

白皙（はくせき）の頬に夜風を感じていると、背後から近づいてくる足音を聞いた気がして、椋は振り向いた。

「紫王さん……？」

問いかけると、その相手はクスリと笑う息を漏らす。

「すごいな。本当に、どうしてわかるんですか？」

月光の下に出てくると、紫王は椋の隣へ並んだ。バルコニーの手すりに背を預けるようにして凭れる。紫王がここに長居するつもりである気配を感じ取って、椋も姿勢を戻す。

「なぜですかね。気配、で……」

一人の穏やかな時間は破られてしまったが、今となっては、椋も紫王と二人きりで話をすることに、興味がない訳ではなかった。

「広斗さんはどうしたんですか？」

「先に部屋へ戻りました」

「眠れませんか？」

「紫王さんこそ」

「いやぁ、さっき変に長々と寝てしまったからですかね。目が冴えてしまって」

ハッハッハと軽い調子で笑う様子には、睡眠薬を盛られた者の深刻さはない。

短い言葉の応酬をしながら、椋は早くも『そろそろ部屋に帰ろうか』などという気持ちになってくる。だが、紫王に聞きたかった疑問がふと浮かんできた。

「飯島さんについて、なにを耳打ちされたんですか？」

「ああ……」

紫王が頷く。

飯島は自ら罪を告白していた。しかし、真崎が彼女の連行を決めたのは、紫王がなにかを耳打ちをしたことによるものだ。

「木村さんと飯島さんは、プラトニックな秘密の恋人関係にあったみたいですね。それに、飯島さん自身も、後藤さんと安城さんに恨みがあった。だから、木村さんに都合の良いように、彼がつつがなく殺人を遂行できるように考えて彫刻したのは間違いない。僕が感じていたそのことを、真崎さんに伝えました」

そこまで話してから、紫王は一度ゆっくりと深呼吸をし、再度口を開く。

「僕は守護霊から断片的にしか情報を読み取れていませんが……飯島さんは、安城さんと長期間にわたって肉体関係があったみたいですね。安城さんは、飯島さんのお姉さんである、若くして亡くなったひかりさんに彼女を重ねていたのか」

　話を聞きながら、椋は眉を寄せる。

「それは木村さんよりむしろ、飯島さんと安城さんが恋人同士だった、ってことになるのではないのですか？」

「うーん……これは僕の憶測ですが、飯島さんにとって安城さんは生活を支えてくれる唯一のパトロンで、不本意でありながらも、求められれば断ることなどできなかった、のだと思います」

　急に生々しくなった裏事情に、椋は無意識に自分の口元を手で覆っていた。幸いながら目隠しをしているので顔の半分はもとより隠れているが、どういう顔をしたら良いのかわからなくなっていた。

「彼女も、後藤さんに自分の作品を扱ってくれないか打診をしたことがあったんじゃないでしょうかね。自分の作品を画廊で扱ってもらい、パトロンとして支援を受けなくて済むようになれば、安城さんの支配下から逃れることができる。でも、断られた、と……木村さんの話によると、後藤さんは金にならないアーティストには随分と酷い態度をとっていたようですから。飯島さんも密かに、しかし強烈な恨みを抱いていたんでしょうね」

紫王の語り口はどこまでも軽い。だが、その言葉が真実であろうことは、飯島のディナーのときの態度を思い出せば推察できた。

「飯島さんのしたことが何の罪に問われるのか、僕にはわかりませんけど。詳細な人間模様の話をあの場で公にして、幸せになる人は誰もいない気がしたので、真崎さんだけに伝えました」

「なるほど、とても納得しました」

神妙な声と表情で椋が返事をするのに、紫王は小さく笑う。

「椋さんは、こういう話に弱そうですね」

「ええ。まあ……疎い、ですね」

椋は、高校一年生のときから世俗と隔絶して生きてきた。接してきたものといえばピアノとクラシックに加えて広斗くらいのものであり、広斗も、冗談でも下ネタを言うようなタイプではない。自然と純粋培養で育ってしまった。

「そんなに男前なのに」

続けて紫王に笑われながら、先程彼が口にした言葉を、椋はどこか不思議な気持ちで反芻する。

紫王は人間模様について『あの場で公にして、幸せになる人は誰もいない気がした』と言った。つまり、人の気持ちや幸せを気遣う人間なのだ。出会ったときには胡散くささの塊でしかなかった紫王だが、一日彼と共に過ごしてみて、決してそれだけではないことを、椋は知った。

出会ったときに椋へ色々と質問をしてきたのも、展示室で椋の能力を試すように見ていたのも、紫王なりの真剣さの現れだ。立場上、紫王はいままで、霊能力者を騙るペテン師を見かける機会が多かった。そのため、今回も椋の能力が本物かどうかを見極めようとしていたのだ。そして、彼自身の能力もハッタリなどではない。

では、残る疑問は一つだけだ。

「紫王さん」

椋は改めて、紫王へ体をまっすぐに向けた。

「はい？」

「真崎さんに、彼の娘さんを殺したのは奥さんだと言ったのは、本当ですか？」

問いかけられ、紫王もまた椋の顔を真正面から見つめた。白い月明かりに照らされた椋の面立ちは、黒い布地で目元を隠されていてもはっきりとわかる程に美しい。

「言いましたね。真崎さんから聞いたんですか？」

紫王は隠す様子もなく頷く。

「はい。しかし、娘さんが亡くなったのは事故だ、だから……紫王さんが信用ならないと。それで、真崎さんは俺に声をかけてきたんです」

椋もまた、なにも隠さずに事情を伝える。

「なるほど。急に霊能力者が追加されたのは何故かと不思議には思っていましたが。あー、たしかにあのとき、すごく怒っていましたもんね」

真崎との初対面を思い出し、紫王はぼんやりと呟く。

「真崎さんに言ったことは本当ですか？」

椋からの再度の問いかけを受け止めた紫王は、即答しなかった。彼は自分の中にある、不確かななにかを整理するように、迷いながら言葉を紡ぐ。

「僕が会話できる守護霊も元は人なので、様々な個性があるんですよ。なので、すぐに情報を引き出せる人もいれば、いくら聞いてもなにも答えてくれない人もいる。それで、僕は守護霊の主に許可を得なければ、問いかけたり、情報を得たりしないようにしているんです」

紫王の言葉に椋は頷く。

本人の許可を得なければ守護霊と会話をしない、という紫王のポリシーは、出会ったときにも言われたことだ。

「でも、例外の守護霊もいるんです。真崎さんの場合がそうでした。真崎さんの守護霊……娘さんは、三歳で亡くなったからなんですかね。幼くて、僕が彼女を感じられるとわかったら、僕が問いかける前に自分から訴えかけてきました。『ママが私を殺した』って」

　続いた説明に、椋は無意識に呼吸を止めてしまっていた。なかなかショッキングな事実だ。

「普通なら、それでも本人に伝えたりはしないんですけど。まあ真崎さんは警察の方ですし、僕の能力を知ってもらうにはちょうど良いかと、話してしまいました。てっきり、そういう過去を持っている方かと思ったんですよ」

「そうですね……だけど、真崎さんはそれを信じられなかった」

「事故として娘さんの死が処理されていたのであれば、当然でしょうね。よりにもよって、娘を殺した犯人が自分の妻だなんて」

　自分が信じられていなかったということに対して、紫王はなにも思うところはなかった。真崎の気持ちを当然のこととして受け止めている。

「紫王さんは、真崎さんの娘のことについて、なにかご存知だったんですか？」

「いえ、なにも。それを伝えたときも、怒ってらっしゃるのはよく伝わってきましたけど、特に説明はありませんでしたし。彼女が僕にそう訴えてきたのは、間違いありません。でも……」

「でも？」

　紫王は再度言葉を選びながら話す。

「さっきも言いましたが、守護霊は、元は人なんです。人は勘違いをすることもある。だから、真実かどうかを断言することは難しいんですよ。その点、僕と椋さんの能力は相性が良いと思いますよ」

「相性、ですか」

予想外に自分へ話を振られて、椋は戸惑う。

「僕は守護霊の話を聞くことができる。椋さんは亡くなった人の目を借りながら、自分の価値観や判断力でその光景を見ることができる。少なくとも、今回の事件において、当初の予定であった明日の昼までかかっても、密室のトリックは僕の能力では暴けなかったと思います」

「そんなことは……」

椋はとっさに謙遜するような文句を口にしたが、思考の半分以上のところで、真崎とその娘の真実が気になっていた。

考え込んでいるような椋の様子に気づき、紫王が目を細める。

「真崎さんのことも、椋さんにだけ見える真実が、あるかもしれませんよ」

静かに告げられた言葉が、椋の胸の中で響く。

「俺にだけ……」

椋は一昨日まで、自分は一生家の中に籠もって過ごすのだと思っていた。広斗以外の誰とも接することはなく、社会になにも作用せず、作用させずにひっそりと死んでいくものだと。だが今日になって、様々なことが巻き起こった。

椋の胸の奥に、形のよくわからない感情が疼いている。

「あのとき、真崎さんには聞けるような雰囲気ではなかったので、実は僕も気になっていたんですよ。真実がわかったら、教えてくださいね。スマホ持ってます?」

真崎に促され、椋はポケットに入れていたスマートフォンを差し出した。紫王は、椋のスマートフォンを受け取ってしまうと、慣れた手つきで操作して、自分の電話番号を電話帳に登録する。

と、紫王がしみじみと、

「あー……」

と声を漏らした。

「どうかしましたか?」

「すいません。見るつもりはなかったんですけど。電話帳に二人しか登録してないんですね?　つい目に入ってしまって」

「ああ。広斗と結斗」

椋は淡々と応えて、紫王から返されたスマートフォンをズボンのポケットにしまい直す。プライベートなものを見られたことについては、まったく気にしていない。

「そこに三件目として僕も追加しておきました。興味本位なだけなんですが、その結斗って言うのは？」

「広斗の兄です」

「椋さんの同級生だったっていう？」

昼間話したことを憶えている様子の紫王に、椋は頷く。

「本当に仲が良いんですね」

「結斗とは、広斗がいまどこにいるかとか、どうしているかとかの報告しかしませんけどね。あいつほっとくと、実家にまったく連絡を入れないので……元々、友達っていう感じでもないですし」

「そうですか」

椋の返事を聞き、紫王はなにかを察したように、真っ直ぐに椋を見つめながら、ぽつりと呟く。

「広斗さんの気持ち、わかるような気がするな」

「広斗の気持ちですか？　どんな？」

その紫王の声のトーンがいつもと違うものだったので、椋はつい問い返す。

だがその返事は、椋にとっては、からかわれているとしか感じないものだった。

「こんな綺麗な人が自分だけのものだなんて、嬉しくて仕方がないんでしょう」

「はあ。広斗の真似ですか？」

「心からの僕の感想ですよ」

紫王は軽い調子で笑うが、言ったことに偽りはなかった。『綺麗』というのは、なにも椋の容姿だけを指しているものではない。椋には穢れがないと、そういう意味合いも含まれていた。

けれども椋は、呆れたように肩をすくめ、そばに立てかけていた杖を取りながら、手すりから離れた。

「もう、部屋に戻ります」

踵を返し、開け放したままの窓から館の中へ向かう。

その途中。

「椋さん。最後に一つだけ、いいですか」

呼び止められて、椋は振り向く。

「なんですか？」

「例外の守護霊もいると言いましたけど、実は、椋さんもそうなんです」

椋は、紫王の発したその一言で、自分の心臓が立てる音がドクドクと、だんだん大きくなっていくのを感じた。なにか重大なことを告げられるという予感を覚えて。

紫王の声は一定のテンションで、淡々と言葉を紡ぐ。

「お姉さんが、椋さんに謝っていました。『全部私のせい。ごめんなさい』って」

その言葉を聞いた瞬間。椋は、悲しくもないのに鼻の奥がつんとして、目頭が熱くなるのを感じる。涙が出る前兆だ。奥歯を噛んで、その感覚をぐっと堪える。

「っ……どうして」

「ちゃんと僕からは話を聞いていないので、その意図はわかりません。でも……椋さんが許してくださるなら、僕から事情を聞きましょうか」

紫王の問いかけに、椋は戸惑う。

――成績優秀で何でもできて、いつも優しかった姉が謝る理由は何だ。だって、あの事件の犯人はもう捕まった。家から近いところにあった会社に勤めていただけの、家族に何の関わりもない男。衝動的で、残虐な、獣のような男の身勝手な犯行に、巻き込まれただけの家族。それだけのはずだ。

椋の脳裏に、姉の目を通して見た男の顔が過る。母と父の返り血に染まった、下卑た笑顔の男。忘れようにも忘れられない、あの光景。

「椋さん？」

紫王に再度問いかけられ、椋はとっさに首を横に振った。

「俺のことは、放っておいてくれ」

椋は顔を背けてバルコニーから離れると、足早に廊下を進む。杖で確かめながら重い木製のドアを押し開け、部屋の中に入る。

椋にはわからないことではあるが、部屋の中も廊下と同様、すでに照明は消されていた。閉じたカーテンの隙間から月光が差し込み、部屋の中は、物のシルエットが判別できる程度に薄暗く見える。

椋は閉じたドアに背を預け、その場にずりずりと座り込む。

先程から、心臓がうるさいぐらいに高鳴っていた。椋には、守護霊などというものが本当にいるのかどうかはわからない。

しかし、もしいまも自分に姉がついていてくれるのなら。紫王に姉が訴えたことに対して返事をしたくて、

「姉ちゃんが謝ることなんて、なにもないよ……そうだよね……？」

と、口に出して囁いていた。

その声をきっかけにしたように、部屋の中央にあるベッドで衣擦れの音がして、ゆっくりと広斗が体を起こした。

「椋さん？」

いままで寝入っていた広斗は、暗闇の中で数回目を瞬いて、ドアの前で蹲る椋を発見すると飛び起きる。

「椋さん、どうしたんですか。大丈夫で……」

すぐさまベッドから降りて近寄ってきた広斗の首元に、椋は腕を伸ばした。しがみつくように、そのまま腕を回す。

予想外の反応に、広斗はまた目を丸くする。

「椋さ……」

「大丈夫だ。ベッドに連れていってくれ」

彼の耳元で囁かれた、押し殺したような椋の声。

広斗はしばし戸惑ったものの、結局はなにも尋ねなかった。椋の身になにが起きたのかはわからないままだったが。『仕方ないな』とでも言いたげに、クスリと小さく笑う。

椋の抱える闇は深いが、広斗は決して、その闇のすべてを探ろうとはしなかった。ただそばにいて、あるがままを受け入れるだけだ。

広斗は、椋の背と膝の裏に腕を差し入れて、彼の体をゆっくりと抱き上げた。大の男を横抱きにしているわりに、その姿勢がふらつくことはない。そのままベッドに横たえ、靴だけ脱がすと、同じように横へ寝そべった。

「椋さん」

「ん……？」

まるでなにかから隠れているかのように、吐息だけで広斗は椋を呼ぶ。

「前にもこんなこと、ありましたね」

「そうだな」

言葉は短く、しかし、お互いの中に想い出は蘇ってくる。

前に二人が同じ布団で眠ったのは、椋が家族を失いボロボロになっていた頃の、ある晩。広斗が一生の誓いを胸に抱えた日のことだ。

静かに、夜は更けていく。

近くで感じる広斗の、生きている人の体温と静かな寝息だけが、椋のさざめく心を落ち着かせてくれるような気がしていた。

2

翌日の朝、広斗は緑青館のキッチンに立っていた。

キッチンはあらゆるものがステンレスで揃えられ、一般家庭であればリビングに匹敵するほどの広さがある。業務用の冷蔵庫が備え付けられており、家庭用というよりも店の厨房といった方が近い。

先程、朝の七時にダイニングへ向かった広斗は、そこでコーヒーサーバーのセットをしていた志村に、朝食を作る許可を求めた。大喜びで広斗の申し出を受け入れた志村は、冷蔵庫の中に入っている食材はすべて好きに使って良いと言っていた。

朝食作りの仕事がなくなった志村は、いまは庭園を整えに外に出ている。志村はよく働く。この洋館に滞在する者すべてが快適にすごせているかどうか常に気を配っており、細かなところまでよく気がつくのだ。そして、働いていること自体に苦労が見えない。広斗が椋のためにすることを苦労に感じないように、志村にとっては、安城のために働くことが喜びなのだろう、と広斗は思う。

広斗が部屋を出てくるとき、椋はまだ眠っていた。椋だけではなく、ここに滞在しているほとんどの者がまだ眠りについている緑青館の中は、とても静かだ。

冷蔵庫を開けて確かめるとクレソンが入っていたので、今朝は、なかなか家では食べられないクレソンサラダを出すことを決める。軽く洗ったクレソンの水気を切りながら、広斗は昨日の椋の様子を思い出す。

昨夜、相応の眠気を感じた広斗は、椋をバルコニーに残して先に部屋へ帰ってしまった。犯人が逮捕され、緑青館内でなにが起こるとも思えなかったからである。

しかし実際は、事件ではないにしろ、なにかあったに違いない、と広斗は確信していた。あのときの椋の姿は、最近では見たことがない程の動揺具合だった。

「『姉ちゃん』か……」

ざくざくと新鮮なクレソンを切り、薄切りにしたマッシュルームと合わせて皿の脇に盛りながら、つい呟く。

小麦粉・ベーキングパウダー・砂糖を量りつつボウルに入れてよくかき混ぜる。砂糖は通常よりも控えめにしておいた。さらに別のボウルに卵と牛乳を入れてこれもよく撹拌し、先程の粉を入れたボウルへと注ぎ入れる。

あとはひたすら混ぜ込む作業だ。ときおり右腕が疲労を訴えてくるので、混ぜる手を交代する。途中で溶かしバターとバニラエッセンスを控えめに追加し、最後に塩をひとつまみいれたら完成だ。

混ぜ終わった生地にラップをして置いたまま、今度はフライパンに油をひく。家で使うものよりもよっぽど大きく豪華なソーセージと、分厚いベーコンを人数分焼いていく。油の爆ぜるパチパチという音を聞きながら、広斗はさらに考えを巡らせる。

当然のことながら、椋の過去になにがあったのかを広斗は詳細に知っている。椋が能力によってなにを見たのか、彼自身の口から聞いたことがあるからだ。また、亡くなった椋の姉が、どんな人物だったのかも聞いたことがある。年の離れた椋のことを可愛がって、よく世話を焼いてくれたという。穏やかで聡明で美しく、優しい姉だったと、椋は悲しげに話していた。

広斗に世話を焼かれることに対して椋が慣れているのは、生まれたときから彼が両親と姉から手厚く構われてきたからだ。

家庭環境も境遇もまったく違うが、椋も広斗も第二子であり、末っ子だ。だから、広斗にはなんとなくわかる。長子というものは、次子にとって特別だ。長子の存在感は、良きにせよ悪きにせよ、ときに両親を超えることがある。

焦げ目がついたソーセージとベーコンを皿に並べると、今度はそのフライパンに、軽く寝かした先程の生地を流し込む。火加減を調整しながら絶妙なタイミングでひっくり返し、焼き目を確認する。一枚焼き上がったら休む暇なく次々と焼き続け、人数分のパンケーキを量産した。食欲をそそる優しいカフェオレ色の焼き色になったパンケーキは皿に移す。

広斗の腕とフライパンは稼働を続け、今度は卵を焼いていく。殻から出たばかりの生卵はフライパンの上をすべり、コンロの熱によって鮮やかな太陽のような形をつくる。黄身が固まりだしたら長いこと熱さず、すかさず皿で待ち構えるパンケーキの上へと乗せた。目玉焼きの上に塩コショウを振りかけ、クレソンサラダにはオリーブオイルと塩をかければ、ワンプレート朝食のできあがりだ。

料理と牛乳をサービングカートにのせ、ダイニングへと運んでいくと、そこにはすでに真崎がいた。

「おはよう。おや、広斗くんが朝ごはん作っていたのかい？」

「おはようございます。志村さんに許可を得まして、代わってもらいました。昨日のディナーに比べたら、天と地ほども違いますけど」

「いやいや、すごくお洒落だし実に美味しそうだよ」

真崎の感想に広斗は小さく笑う。

「朝食にお洒落って形容詞使います？」

「わたしなんて、毎朝納豆に鰹節かけてご飯だからね」

「健康的でいいじゃないですか」

返事の庶民臭さにまた笑う。

広斗が昨日まで真崎に感じていた、椋を信じなかったことへの苛立ちは、すでにある種の意趣返しを済ませたことで収まっている。皿をテーブルに出しながら他愛もない会話をしていると、庭に出ていた志村が帰ってきた。

「素晴らしくいい匂いですね。皆様を呼びに行って参ります」

そのまま踵（きびす）を返した志村に、テーブルセッティングを真崎に任せて、広斗も後を追うように歩き出した。

「志村さん。紫王さんと椋さんは俺が呼んできますよ」

「ありがとうございます、それではよろしくお願いいたします」

広斗と志村は玄関ホールから別々の階段を上って二階へと上がっていく。異能係一行が泊まった部屋と、大田や安城の部屋は真反対に位置しているためだ。

広斗は、まず紫王の部屋へと向かった。ドアをノックし、しばし待つと、中から寝ぼけ眼の紫王が出てきた。着古されて襟ぐりがだらしなくなっているTシャツを着て、前髪に寝癖をつけた紫王は、着飾ってよそ行きの顔をしていた昨日の彼とは随分印象が違う。

「おはようございます、紫王さん。朝食できましたよ」

「あー、おはよう広斗さん、わざわざすいませんね。昨日夜ふかししちゃって。支度したらすぐに行きますね」

「はい……あの。昨日、椋さんとなにかありました？」

ドアが閉まる直前、広斗がそう紫王に問いかけたのは、ただの勘だった。椋が動揺する引き金になっている者がいるとするなら、それは真崎でも他の人間でもなく紫王であると、なんとなくだがそう感じたのだ。

「うーん」

再びドアを開き、紫王は無造作に前髪をかきあげながら、小さく唸る。椋のプライベートに踏み込むことを広斗に話すかどうか、という逡巡だ。だが広斗の真剣な眼差しを見て、彼は口を開いた。

「椋さんの守護霊であるお姉さんが僕に話しかけてきてね。椋さんに『全部私のせい。ごめんなさい』って彼女が謝っていたと伝えたんですよ」

その言葉を聞き、椋があれ程までに動揺した理由を広斗は理解する。姉の存在は、椋にとって急所に相当する。

「なるほど」

広斗が神妙な顔で頷くと、今度は紫王が広斗の表情をじっと見つめた。

「広斗さんは、椋さんの過去になにがあったのか、知っているんですね？」

「はい」

ハッキリとした即答に、紫王はまぶしげに目を細める。

「君たちの関係性は、本当に羨ましいですね。僕にもそんな相手がいれば良かったのにと、心底思いますよ」

その紫王の言葉に茶化す色は微塵もなく、ただ、自信に溢れた紫王には似合わないような、寂しげな響きが籠もっていた。

そして広斗は、そんな紫王の機微を敏感に察知した。なにを言おうかと考えを巡らせたものの、最終的に出てきた言葉は、

「椋さんのこと、取らないでくださいね」

だった。彼にとっては実に予想外だった返答に、大きな声をたてて紫王は笑う。

「わかっていますよ。それに、僕が欲しいなと思うのは、広斗さんの方ですけどね」

「えっ」

返事に戸惑っている間に、ドアが閉まる。再びノックをして真意を聞き出すほどのことでもないため、広斗はどこかもやもやとした気持ちのまま、椋の眠る自身の部屋へと向かった。

ドアを開け、部屋の中を見る。

カーテンが閉め切られたままの、薄暗い部屋の中央にあるベッドの中に、すでに椋の姿はなかった。代わりに、繋がっている隣のバスルームから物音が聞こえる。

「椋さん、朝食できましたよ」

バスルームのドアへ向けて声をかける。

「ありがとう、いま行く」

返事があってから少しの時間が経過し、バスルームから出てきた椋は、すっかり身支度を整えていた。昨晩は結局そのままの格好で眠ってしまったのだが、新しいワイシャツに身を包んでさっぱりとしている。

「朝食、お前が作ったのか？」

杖をついて歩きだす椋を先導して、広斗はドアを開く。

「はい。椋さんの好きな『お食事パンケーキ』にしました」

「俺、好きだなんて言ったことあったか？」

二人で会話を続けながら、ダイニングへと向かう。

「いえ？　でも、好きですよね」

「……好き」

負けたような気持ちになりながらも、椋は素直に頷いた。

広斗がダイニングのドアを開いて中へと入ると、真崎と大田の二人はテーブルにつき、志村が飲み物の給仕をしているところだった。安城は気分が優れないということで、すでに志村が彼の部屋に朝食を運んだ後だ。

安城と飯島の関係を紫王から聞いて、どういう気持ちで安城と会話をすれば良いのかと、内心不安に思っていた椋は密かに安堵する。

少し遅れて、完璧に支度を済ませた紫王がやってきた。広斗は、紫王の前髪に先程見かけた寝癖を探したが、跡形もなく整えられていた。

全員揃ったところで朝食を食べはじめる。志村は、

「わたくしは後でいただきますので」

とテーブルにつくことを遠慮しようとしていたが、広斗がもう志村の分も作ってしまったからと誘い、共に食卓を囲むことになった。人数が集まると、木村、飯島、丸山、そして安城の抜けた食卓の寂しさが少しだけ薄れる。

それからしばらくは、まるで事件と昨日のできごとをなかったことにするかのように、穏やかな朝食の時間が続いた。今日も天気が良いとか、ベッドの寝心地が良かったとか、パンケーキがフワフワだとか、目玉焼きの焼き加減が調度良いとか。話に上がるのは、そんな他愛ないことばかりだ。

「最近流行りましたけど、僕はパンケーキって苦手だったんですよ」

フォークとナイフを器用に動かし、パンケーキとベーコンを重ねて口の中へと入れながら、大田が話す。

「そうだったんですか。その言葉を聞いて勝手にメニュー決めてしまって」

と恐縮したが、大田は首を振った。

「いえいえ、苦手だったんですけど、これ美味しいですね。こんな風にごはんとしていただくパンケーキがあるなんて、はじめて知りました」

言葉に嘘偽りがないことを証明するように、大田の皿の上のパンケーキは、みるみるうちに減っていく。

「良かった、ほっとしました。このメニューは椋さんが好きなんですが、椋さん昨日とっても頑張ってくださったので、作りたくなってしまって」

「子供にご褒美あげるみたいな言い方するなよ」

椋は唇を尖らせるが、不服そうな表情とは裏腹に、彼の食も大田同様によく進んでいる。広斗は、椋の食欲が減っていないことを確認できて内心ほっとしていた。

「そうだね。椋くんには、本当に頑張ってもらった。感謝の言葉しかないよ、ありがとう」

先に食事を終えた真崎がカトラリーを置きながら、昨晩も告げた感謝の台詞をしみじみと繰り返す。

「いえ、そんな」

感謝されるということ自体が慣れず、椋はそこから先の返事を続けられない。

代わりのように、昨日の話題が出たことをきっかけにして紫王が問いかける。

「そういえば、木村さん達はどうなったんですか？」

「丸山が警察署に連れて行って、いまは留置場だね。さすがに昨日は何もしなかっただろうから、今日から調書を作りはじめるかな。異能係は丸山以外にも有能な刑事がついているから大丈夫だよ」

端的な説明を聞きながら、紫王は食後のコーヒーを飲む。

「なるほど。僕達はもうなにもしなくて平気なんですか？」

「ああ、後は我々で……あ。事件とは別件で、紫王くんが睡眠薬を盛られたことに対する被害届は出すかい？」

「いや、それはいいです。特に健康被害があったわけでもありませんし」

口元を拭いながら、紫王は軽い調子で首を振る。

「そうか。では、あとは我々警察の人間に任せてもらって構わないよ。紫王くんは自分の車で来ているし、いつでも好きなタイミングで帰ってもらっていいからね。大田さんも、このたびは捜査にお付き合いいただいて、ありがとうございました」

「はーい、了解です。じゃあお言葉に甘えて、先に失礼しますね。ごちそうさまでした。志村さんにも、お世話になりました」

紫王はそう言いながら、さっそく立ち上がった。妙にさっぱりとした去り際である。彼の離席をきっかけに、

「いえ。では、僕も」

と、大田も続く。最後の真崎の説明を聞いて、大田は居心地の悪さを感じていたのだ。逮捕された者は二人とも、たしかに彼の友人達であったのだから。

そして志村もまた、食器を下げるためにダイニングから出ていく。

「椋くんと広斗くんは、わたしが家まで送っていくからね。よければ九時に出るようにしようか、支度はできているかい？」

腕時計を確認しながら真崎に問われ、椋と広斗は頷いた。

九時まであと二十分ほどだ。少しゆっくりしてから、部屋に戻って荷物を持ってくれば、時間的にもちょうど良い。このまま真崎に家まで送ってもらえれば、椋にとっ

ては、いつもどおりの日常が戻ってくる。

だが、少し間を置いて、椋は意を決するように口を開いた。まだ、やり残したことがある気がして。

「真崎さんは、今日ってまだ時間ありますか？」

「わたしに？　大丈夫だけれど、どうかしたのかい？」

椋はためらいながらも、続きの言葉を紡ぐ。

「真崎さんの娘さんが亡くなった場所に、俺を連れて行って欲しいんです」

真崎は一瞬、息を飲んだ。

その申し出は、真崎にとって予想だにしないことであった。椋はもともと自身の能力を使うことに対して後ろ向きであったし、他人と距離を置きたがる彼が、真崎のプライベートなことを気にしているとは、微塵も思っていなかったからだ。

「いったい、どうしたんだい？」

「真崎さん、俺の家にきたときに仰ってましたよね。『紫王さんのことが信用できない理由』について、実は俺も、ずっと気になっていたんです」

この椋の言葉を聞き、真崎と同様に広斗も驚いていた。しかし広斗にとっては、椋がやると言うならば受け入れるし、椋が行くと言うなら一緒についていくだけの話でしかない。なにも口出しはせず、ただ黙って話を聞いていた。

「紫王さんは……ああいう、軽い感じの人ですし。はじめは俺も紫王さんのことを信じていませんでした。だけどこの事件を通して、紫王さんの能力は信用できることがわかってしまいました。だったら、真崎さんが仰っていたことって、どういう意味を持つんだろうって」

椋の言葉に、真崎は僅かに眉間に皺を寄せる。いま椋が話したことは、もちろん真崎もずっと考えていた。真崎が能力を発揮するたび、自分の見たくないものを見せつけられているようで。

「わたしが嫌だと言ったら、椋くんはどうする？」

「真崎さんが嫌なのであれば、もちろん強要はしません。俺も、人に触れられたくないところがあることはよくわかっていますから。でも、もし真崎さんが、今後ずっと、どこかで紫王さんの言葉を気にしてしまうのであれば。俺が見てみることで、わかることもあるんじゃないかって思ったんです」

言葉のすべてを聞ききったとき、真崎はふっと小さく笑うように息を漏らした。

「椋くんは、昨日の一日だけで、随分強くなれたんだね。それだけでも、わたしが無理にでも君を連れ出したかいがあったかな」

どこか独り言のような台詞を挟んでから、真崎はまっすぐに椋の顔を見つめる。

「言い出しにくいことだっただろうに、言ってくれてありがとう。わたしからお願いするよ。この後、わたしの家まで来てくれるかい？」

返事を聞いた瞬間。椋は、心から嬉しそうに表情を緩め、頷いた。

「はい」

その笑顔に真崎は驚いて、思わず目を見開く。真崎の記憶の中に強くある椋のイメージは、家族を奪われ、すべての気力を失った哀れな少年の姿だ。あまりにも重すぎる負の感情に耐えかねて、あらゆる感情を手放してしまったかのような、現実にいるようでいないような、存在感のなさ。当時の事件後に、

「君の証言のおかげで、君の家族を殺した犯人を逮捕できた」

と伝えたときも、なにか明確な感情を表に出すことはなかった。

椋のその笑顔は、いままで真崎が見たこともない表情だった。

3

椋、広斗、真崎の三人は、緑青館を後にした。安城は結局最後まで顔を出すことはなかったが、改めて丁寧な謝辞を述べる志村に見送られての出立だった。

真崎の運転する車で来た道を戻るが、向かう先が違うために、途中から通ったことのない道路へと進んでいく。

椋は来たときと同じように、後部座席で広斗の肩を借りて眠っていた。しかしどこか、昨日よりも穏やかな表情をしている。

「広斗くんは、今日はもう止めないんだね」

バックミラーへとチラリと視線を向け、二人の姿を確認すると、真崎は軽く目を細めて問いかける。

「椋さんが、能力を使うって言ったことですか？」

「ああ。家に行ったときはすごい拒否反応だったのに」

「やれと言われてやるのと、椋さんが自分からやるって言うのとは違いますよ。それに椋さん、志村さんに感謝されて、何だかとても嬉しそうでした」

広斗は椋を起こさないように、声を潜めたまま答える。

「そうだね」

真崎は、ハンドルを片手で握ったまま、途中コンビニに寄って購入した缶コーヒーをホルダーから取った。先程見た椋の晴れやかな笑顔を思い出しながら、缶に口をつけて一口飲む。

一瞬の沈黙の後、今度は広斗がチラリと運転席を見る。

「真崎さんが椋さんを信じなかったこと、俺はまだ許していませんけどね」

冗談めかしながらもしっとりと恨みの籠もった言葉を、茶化すことも、誤魔化すこともなく真崎は真摯に受け止めた。

「許さなくて構わないよ、ずっと覚えていてくれ。本当に悪かったと思っている。パートナーの言葉を、刑事がすべて信じて捜査を進める。それが異能係の存在意義だし、やるべき捜査だというのにね」

想像していた以上にしっかりとした返事に、広斗は浅く息を漏らした。

「異能係は、今後も続いていくんですか？」

「それは当然。此度の初回捜査で成果が挙がったことで、上も喜ぶだろう。いま異能係の刑事はわたしを含めて四人だが、今後さらに実績を上げ続けていけば、担当人数も増えるかもしれない」

スムーズな説明は、真崎が元々そういった展望を持っていたことを表している。

「椋さんへの協力は、引き続き求めるつもりなんですか」

「異能係としては、これだけ能力が証明されている協力者を放す手はない。そして、わたしも同じ意見だ。あとは、椋くんの気持ち次第だね」

その真崎の言葉を最後に、車内には沈黙が落ちた。

幹線道路からそれて住宅街に差し掛かり、専用道路の下り坂を行く。すると、少しだけ汚れてくすんだクリーム色の外壁を持つ、ごく一般的なマンションへと車が到着した。十階ほどの高さのある、それなりの築年数が経過していそうな一棟のマンションは、道路からつながる住民用の駐車場にベランダが面している。

「椋さん、着きましたよ」

眠る椋の肩を揺らして起こすと、広斗は蝉の鳴き声が降りしきる外へ出る。マンションの奥には小さな藪が近く見えた。起こされてすぐに動きはじめた椋だったが、今回もまた少しばかり酔っていて具合が悪い。動きが緩慢だ。

真崎はエンジンを止めて車から降りると、二人の様子を眺めながらリモコンキーで車を施錠し、慣れた様子で歩き出す。

「うちは八階だ」

郵便受けの並ぶ一階のエントランスを抜けて、小さなエレベーターで八階へ上がる。真崎の家は、そのフロアの一番端に位置していた。

真崎が鍵を開けて、先に中へと入る。一日住民が空けていた真夏の家は、ムッとする熱気が籠もっていた。

玄関からすぐにリビングダイニングで、右手にキッチンが見える。正面に一つ、リビングダイニングの奥には二つのドアが並んでいる。

「さすがに暑いね。いまエアコンをつけるよ」

真崎は顔を顰めると、キッチンの窓を換気のために開けてから、奥の左側のドアを開けて、中へと入っていった。

「お邪魔します」

広斗は、椋より先に家の中へと入り、椋の杖を受け取って、彼が靴を脱ぐのを手伝う。二人揃って室内へと上がってから、その様子を見渡した。

真崎の家は、あまりにも簡素だった。生活に必要最低限の物しか置いていない。キッチンにも茶碗や小皿等の洗い終わったあとのちょっとした食器が放置されているだけで、料理をしているような気配はない。棚の上やキッチンの隅には埃が薄っすらと跡を残しており、掃除も行き届いていない。

広斗は、真崎が向かって開け放たれたドアの向こう側へ視線を向けた。瞬間、見てはいけないものを見てしまった気分になり、そっと視線をそらす。

そこは、一目でわかるほどの典型的な子ども部屋だった。

ぬいぐるみをはじめとする可愛らしい玩具がずらりと飾られている。子供が転んでも怪我をしないために、カラフルで柔らかいパネルが床に敷きつめられている。閑散としたリビングダイニングとは真逆の、可愛らしい物に溢れた部屋。

冷房を入れて戻ってきた真崎は広斗の表情を見ると、眉を下げて力なく笑う。

「あの部屋は、片付ける気がおきなくてね」

「はい……」

広斗には気が利いた言葉がなにも浮かんでこなかったが、真崎は平常と変わらぬように努めて話し出す。

「まずは、事故の経緯を説明しよう。そこに座って」

リビングダイニングに置かれたテーブルには、木製の椅子が四脚備えてあった。

キッチン脇にある冷蔵庫を開くと、真崎は隣り合って椅子に座る二人へ問いかける。

「緑茶でいいかい？」

「あ、はい」

応えたのは広斗だ。

「『いいかい？』と聞いても、水か緑茶かしかないんだが」

いつもと変わらぬ様子で真崎は笑った。冷蔵庫から出した二リットルペットボトルの緑茶を、コップ三つに注ぐと、椋の向かい側へ腰掛ける。

「家の様子を見てわかると思うが、妻とはもう四年前に別れたんだ。わたしといると、娘の気配を感じて辛いと言ってね」

「娘さん……が亡くなったのも、四年前ですか？」

広斗の戸惑いを察して、真崎は目を細める。

「ああ。娘の名前は菜々(なな)という。まだ三歳だった。他の子と比べると、少しだけ言葉の憶えが遅くてね。でも、元気いっぱいの明るい子だったよ。その元気の良さが一因となって、妻の明里(あかり)は少し疲れている様子ではあったが」

家族を亡くすのは辛い。それは、椋が誰よりもよくわかっている。人の辛さを比べるのはナンセンスだが、親が子を亡くすということは、なおいっそう辛いことだ。想像するだけで感じられる真崎の心の痛みに、椋は浅く息を漏らす。

真崎はコップに手をのばすと、緑茶を一口含んでから言葉を続けた。

「四年前の九月四日の水曜日、まだ夏の名残を感じる暑苦しい日だった。夕方の雨にも気温がさほど下がらないほどにね。わたしはいつもと変わらず仕事に出ていて、家には、専業主婦をしていた明里と菜々が二人でいた」

椋もまたコップに手を伸ばすと、緑茶を飲む。喉を下っていく冷えた感触が心地よい。エアコンが効き出し、ドアを開けたままの隣の部屋からは冷気を纏った風が吹いてくる。

「わたしが事故のことを聞いたのは、夜七時になってからだった。すでに菜々は病院で死亡が確認されていた。飴を喉に詰まらせての窒息死だった」

「菜々ちゃんが亡くなったのは、病院ですか？」

椋の問いかけに、真崎は首を振る。

「いや。明里が一一九番をして、救急隊員が駆けつけたときにはすでに心臓が動いていなかったというから、死亡したのはあの子供部屋だということになると思う。すぐに病院へ搬送はされたが」

「飴が喉に詰まっての窒息死と聞くと、本当にただの事故だと思えますね」

広斗が感想を述べると、真崎は頷く代わりに複雑そうな表情を浮かべた。そこに真崎の疑念を感じる。

「そうだ。最終的には事故として処理された。ただ、病院で菜々の喉から摘出されたのは、三センチ大の飴玉だった」

「三センチって、けっこう大きいか？」

椋が疑問を呈し、広斗は指を使って宙でサイズ感を測ってから答える。

「飴としては大玉の部類かもしれないですね」

そこに、真崎が話を続ける。

「そもそもうちでは、菜々が飴玉を食べることはなかったんだよ。飴を与えるのなら、基本的に棒つきのキャンディだ。誰かから飴玉をもらったりしたときには、事前に砕いて与えるようにしていた。そうした方が良いと、わたしが明里に伝えていたし、彼女も納得して、対応してくれていたはずだ」

元々そういった窒息の対策をしていたのだという話に椋は頷き、問いかける。

「明里さんは何と？」

「なにが起こったのかと問うと、自分のせいだと泣きじゃくるばかりで。ろくな話は、結局最後まで聞くことはできなかったよ。事故のあとは、精神状態も不安定になってしまってね」

広斗は、緑茶の入った硝子のコップを両手の中で静かに回転させる。硝子が生み出す光の屈折が、テーブルに美しい文様を生むのをなんとなしに見つめた。

真崎は話を続ける。

「救急隊員が到着したとき、床の上で冷たくなろうとしている菜々と、彼女の横で放心したように座り込む明里がいたらしい。その様子から、はじめは明里の虐待か、あるいは『未必の故意』ではないかと疑われたが、わたしがそんなことは絶対にあり得ないと証言して、事故ということになった」

どこか曖昧に濁る真崎の言葉。

「『未必の故意』って、なんですか？」

「積極的に殺そうとした訳ではないが、そう行動したら死んでしまうかもしれないと認識していたにもかかわらず、そうなっても構わないと思っていた、というような心理状態のことを指す法律用語だよ。この場合に当てはめるとするなら、飴を与えたら窒息してしまうかもしれないと思いながら、飴を与えたというようなことだね」

少し申し訳なさそうに広斗が問いかけると、真崎は厭うことなく答えた。すらすらとした説明は、彼が刑事なのだということを改めて感じさせる。自分自身に関することであるのに、どこか客観的に物事を見ているのだ。

「真崎さんは、どう思っているんですか？」

広斗からの問いかけに、真崎は俯く。

「事故に決まっていると、確信していた。……したかった。もちろん慣れない育児に明里は疲れてはいたが、本当に菜々のことを愛していたからね。しかし、紫王くんの言葉と、彼の能力の高さを知ってしまってからは、その確信が揺らいでいる」

そして、絞り出すように言葉が続く。それを正面から見つめることが、真崎にとって一番辛いことだった。

「もしあれが事故ではないのなら、仕事が忙しいからと、家庭を疎かにしていたわたしの責任だ」

語り終えて真崎が口をつぐむと、部屋の中に沈黙が落ちる。真崎はまるで、疑惑を口にしてしまったことを後悔しているかのような表情だった。テーブルに両腕をつき、顔を隠すように額に手を当てる。

痛いほどの沈黙。近くで稼働する冷蔵庫の機械音だけが部屋の中に響く。

しばらくの後。コトリと小さな音をたててコップを置くと、椋は一人、椅子を引いて立ち上がった。

　このときはじめて、椋は心の底から見たいと思った。亡くなった人が最期に見た景色を。

　――菜々ちゃんが紫王さんに、そして真崎さんに伝えようとした真実を。

　不思議と、死を直視することへの恐れは浮かばなかった。

「椋さん、そっちの部屋に行くなら……」

　続いて立ち上がろうとする広斗を手で制す。

　ドアの開かれた子ども部屋へと一歩一歩確認するように進みながら、椋は目元を覆っている目隠しを外した。

　それはまるで、厳かな儀式を行おうとしている神職が、斎場へ向かうかのような振る舞いであった。


　瞼を開ければ、椋の黒曜石のような瞳が目の前の景色を捉える。一見すると幸せに満ちた子ども部屋だが、いたるところに被った埃をはじめ、この部屋の時が四年前から止まっていることは随所から感じられる。だからこそ、どうしようもなく寂しい。

　左手側の壁につけるようにソファが置かれており、正面には足元まである大きな掃き出し窓がある。窓の向こう側は、駐車場に面しているベランダになっている。

花の模様が描かれたレースカーテンの向こうから夏の強い日差しが差し込んで、部屋中を明るく照らしている。

子ども部屋へと一歩足を踏み入れ、もう一度瞬きをしたその瞬間。

椋が見ていた景色が変わった。

視点の高さがぐっと低くなり、部屋の中が薄暗くなった。先程まで埃を被っていたぬいぐるみ達がどこか生き生きとして、床に点在している。椋は、これが菜々の『断末魔の視覚』であることがすぐにわかった。

薄暗かった部屋が一瞬だけ明るくなる。窓の外から、フラッシュを焚いたような光が差し込んできたのだ。おそらく雷だ。

視線が移動する。ソファで横になってうたた寝をしていた女性が飛び起きた。彼女の目元には隈があり、疲労が窺(うかが)える。彼女は数回瞬きをしてから窓の外へと視線を向けると、慌てた様子で立ち上がり、窓へと向かって行った。

その拍子に、彼女がつけていたエプロンのポケットから、なにかが転がり落ちた。

床の上に落ちたのは、リボン状に個包装されたお菓子だ。紅葉のように小さな手がそれをつまみ上げて包装を引っ張ると、姿を現したのは、半透明でキラキラと輝くピンク色の飴玉。小さな指が摘み、宝石のような飴は視界から消えた。

再度、部屋の中が明るく照らされる。間もなく、視界が床の上へと転がった。この光景を見ている本人の気が動転していることを表すように、あちこちへ忙（せわ）しなく視線が動く。

　窓の向こうのベランダでは、ざあざあ降りの雨の中、女性が洗濯物を取り込んでいた。洗濯物を抱えて振り返り、彼女の表情が凍った。洗濯物を投げ出し、すぐさま駆け寄ってくる。腕を伸ばされ、一度女性の姿が見えなくなった。だが、すぐに振り向いたのか、再度彼女の姿を視界の端で捉える。

　次の瞬間、女性が手を振り上げた。そして、勢いよく振り下ろす。女性が口を大きく開けて、なにかを叫んでいる。ただ、音は椋の耳に届かない。

　視界に映るのは、ものすごい形相をした女性が、自分めがけて幾度も振り下ろす手の動きだけ。

　次第に視界がぼやけ、最後には真っ暗になった。


　瞬きをする。視線の高さは元に戻り、部屋の中は明るくなっている。

　椋は、真崎達がいる方を振り向こうとして、自分の両頬を伝う涙に気づいた。咄嗟にシャツの袖で目元を拭う。

「椋さん？」

　背後から広斗に声をかけられるが、椋はしばらく静かに涙を流した。

もし、死んだあとにも人が霊という存在となって、この世に在り続けているのならば。そして、菜々が真崎の守護霊として彼のそばにいて、彼女が紫王に『自分を殺したのは母親だ』と訴えてきたのならば。

——それは、とても悲しいことだ。

そう、椋には思えた。

「誤解です」

震える声を抑え、椋は言葉を紡ぐ。最後にもう一度目元をゴシゴシと袖で拭ってから、外した目隠しをつけて振り向いた。

「幼い菜々ちゃんには、明里さんがなにをしているのか、わからなかった。ただそれだけなんです」

「見えたんだね？」

真崎に問いかけられ、頷く。椋は自身の胸元に片手を当て、気持ちを落ち着かせるために大きく深呼吸をした。見たもののすべてを正確に、夫であり父である真崎に伝えてあげるために。

そして、できることならば。彼に守護霊としてついているという、幼き菜々に真実を伝えるために。

「あの日、疲れていた明里さんは、子供部屋のソファで、少しだけうたた寝をしてしまっていたのだと思います。その横に菜々ちゃんがいました」

　椋の穏やかな声を聞きながら、真崎の視線は子ども部屋へ向く。そこに置かれたアイボリー色の布張りのソファを見つめて、語られる情景を思い描く。

「突然の夕立があって、雷が落ちました。激しい音と光に目を覚ました明里さんは、干しっぱなしの洗濯物を取り込むために慌てて飛び起きて、ベランダへ出ました」

　真崎の視線が、今度はソファから窓へ向かう。

「そのとき、明里さんのエプロンのポケットに入れていた飴が、床の上に転がり落ちてきたんです。どうしてそんなところに、飴を入れていたのかはわかりません。もしかしたら、自分が食べるために入れていたのかも。もしかしたら、買い物に出たとき、外で誰かに親切でもらったのかもしれない。ともかく、落ちた飴に興味を引かれた菜々ちゃんが、明里さんの気づかないところで、自分でその飴を口にしてしまったんです。飴の個包装は、リボンのようにねじってあるもので、幼い彼女でも開くことができた」

　そこまで椋の言葉を聞くと、真崎は今度はゆっくりと目を閉じた。

「あの頃の菜々は育ち盛りで……日に日にできることが増えていっていた。そんなことまで、できるようになっていたんだね」

　しみじみと呟く真崎の言葉に、いっそう胸の苦しさを感じながら、椋は話を続ける。

「そこにまた雷が落ちました。その音と光に驚いた菜々ちゃんは、飴を飲み込んでしまった。喉に詰まって息ができなくなり、倒れた菜々ちゃんに気づいた明里さんが近づいてきて……。彼女はきっと、そこに落ちていた個包装を見て、菜々ちゃんが飴を飲み込んでしまったことに気づいたんだと思います。彼女は必死に、菜々ちゃんを助けようとしていました」

「じゃあ、紫王さんの言っていたことは、嘘だということですか？」

そこまでの内容を聞き、問いかけてきた広斗へ、椋は首を振って返す。

「なにかが喉に詰まったときの応急処置は、対象者の背中を強く叩くこと。明里さんは、必死にそれをやっていた。でも……」

「あっ」

母親の行動が、幼い菜々にどう見えていたかに気づき、声を漏らす広斗。

椋は頷き、続きを語る。

「菜々ちゃんには、なにが起こっているのか、理解ができなかったんだと思います。呼吸ができずに薄れゆく意識の中、いつも優しい母が、見たこともないような形相で、自分に向けて手を振り下ろしていた。背中をいままでにない程強く叩かれながら、彼女は誤解をしてしまったんです」

広斗もまた、たどり着いた椋の結論に言葉を失っていた。

「紫王さんの能力は、対象の守護霊と言葉を交わすこと。だから紫王さんは、嘘でも何でもなく、たしかに菜々ちゃんから『ママが私を殺した』という言葉を聞いた……でも、それは真崎さんが信じていた『真実』とは違う。この両者は相反するものではなく、両者成り立つものだったんです」

いつしか真崎は、両手で完全に顔を覆っていた。肩が小刻みに震えている。広斗も椋も、彼にかける言葉は持っていなかった。

しばらくして、真崎はその顔を覆った手の下から、絞り出すようにくぐもった声を発した。それは、椋に向けたものでも、広斗に向けたものでもなかった。

「菜々」

椋は思わず下唇を噛んでいた。彼には真崎の気持ちがよくわかった。

「菜々、聞いていたかい？　ママは、お前を助けようとしたんだよ……ママは……パパも、お前が大好きだよ……菜々……ごめんな。明里、信じきれなくて、ごめん」

そこから先は、もはや言葉にならなかった。

遠くに蝉の声がする夏の午後。強すぎる程の日差しが傾きはじめた室内に、抑えることをやめた真崎の低い泣き声が響いていた。

白黒の鍵盤の上に、椋はスラリと細い指を走らせる。彼の目元は相変わらず目隠しで覆われているが、指先は迷いなくあるべき場所を打鍵して、バダジェフスカの『乙女の祈り』を見事に奏でていた。

耳をすませば、キッチンで広斗が立てている小さな音がピアノの音色に紛れて聞こえてくる。

4

現在時刻は夕方の五時半。

真崎の家を出たあと、真崎に道中のファミリーレストランで食事を奢ってもらい、椋と広斗が自宅に帰りついたのは、昨日の夜のことだ。

疲れが出たのか椋はそれから今日の午後一時まで眠り込んでしまい、彼自身はついさっき起きたという感覚でいた。

椋が目覚めてすぐ、朝から起きて活動をはじめていた広斗はベリーフレンチトーストを作ったが、今度は夕飯を作るためにキッチンで腕を振るっている。

いつもの夕飯は七時ごろだが、今日は早めに夕飯を済ませて、暑さの落ち着く夜の散歩に行こうと二人で決めたのだ。

椋は正真正銘の引き篭もりだが、かといって何の運動もしないのは体に悪すぎるため、日頃から定期的に広斗と共に散歩へ行く。いつも散歩に誘うのは広斗からだが、今日の散歩を提案したのは、珍しく椋からだった。

椋が最後の和音を弾き、鍵盤からゆっくりと両手をあげたとき、タイミングを計（はか）っていたかのように広斗から声がかかった。

「椋さん、ご飯できましたよ」

「わかった。ありがとう」

椋がピアノの蓋を閉めてソファへと移動すると、広斗はいつものように、テーブルの上に乗せた料理の皿をそれぞれコトンコトンと音をさせながら置き直す。

「鰹のタタキと、豚と茄子とピーマンの味噌炒め。それに大根のお味噌汁と、白米です。飲み物は麦茶にしてあります。そろそろ鰹の旬なので、脂が乗ってて美味しいと思いますよ」

「鰹の旬って今の時期なのか？　何となく春かと思ってた」

広斗が向かいに腰を下ろすと、二人はそれぞれに、

「いただきます」

「いただきます」

と同時に声を合わせてから、箸を手にして食べはじめる。

「鰹の旬は年二回あるんですよ。これからの時期は戻り鰹の旬ですね。春は初鰹って言われる方です。初鰹はあっさりとした味わいで、戻り鰹は脂が乗ってるって言われています」

「へぇ……知らなかった」

広斗の説明を受けて感心しながら、椋はさっそく鰹のタタキを箸で摘み、口へと運ぶ。新鮮な鰹は臭みがなく、上にかけられた特製のタレや薬味と合わせると、よりいっそうサッパリと食べられた。続けて白米を一口。椋の好みである、少し硬めに炊かれた白米は、噛めば噛むほど甘味が出る。

「美味しい。やっぱり疲れていたんだろうな。和食だと、体が休まる感じがする」

「それならちょうど良かったです。椋さんがお疲れなときは和食にするって、憶えておきますね。一流のプロのディナーを食べた直後でしょう？　洋食の夕飯を作るのに及び腰になってしまって。それで今日はたまたま和食に逃げたんですけど」

椋の反応を待ってから自分も食べはじめた広斗は、どこか冗談めかした様子で笑った。

「木村さんの作ってくれたディナーのことか？」

「はい。どう足掻いても、俺はあの人の料理には勝てませんからね。雑誌で評判は目にしていましたが、ああして実際に食べさせてもらって、やっぱりプロは違うなって思いました。食材と、かける手間暇に加えて、色々テクニックがあるんだろうなと思います」

木村が殺人犯として捕まってしまった事実については避けながら、しみじみと語る広斗の声を聞き、椋はお椀に口をつける。丁寧に出汁からとって作られた味噌汁は深みのある味わいで、じんわりと旨味が体全体に広がるようであった。

「広斗の料理の方が美味い」

味噌汁を味わって安堵のような息を漏らし、椋ははっきりと言い切る。

「ははは、ありがとうございます」

広斗は椋の言葉を受け入れるようにそう笑ったが、彼が本気にしていないことは明白だった。あくまでお世辞のようなものだと思ったのだ。

今度は豚と茄子とピーマンの味噌炒めを口に運んで、椋はじっくりと咀嚼する。ほんのりとした甘味はあるが、甘すぎない味付けは椋の好みのど真ん中だ。茄子とピーマンをたっぷりと使った一品で、健康を気遣う栄養価の高さも感じられた。

そうして、テーブルに並んだすべての料理に口をつけてから、椋は改めて広斗へと真っ直ぐに顔を向ける。

「いまのは、別に軽く流したわけじゃないぞ。俺には本当に、広斗の料理の方が美味いよ。俺が、不味いものにはハッキリ不味いって言うの、知ってるだろ」

真剣な様子で重ねられた言葉に、広斗は驚き目を瞬く。

広斗は料理が趣味だが、すべての人がそうであるように、はじめから料理が上手かったわけではない。

毎日冷凍食品かインスタント食品。良くてコンビニ飯という椋の食生活を見かねて、家に入り浸っていた広斗が食事を作りはじめたのは、彼が中学生になってからだ。しかし、はじめの頃は失敗の連続だった。

カレーを作れば具材に火が入っていない上、全体が臭くなるほどに焦がしたし、ペペロンチーノを作れば、唐辛子を種まで入れて激辛にした。それを提供された椋は、毎回包み隠すことなく、率直すぎるほど素直に感想を伝えていた。『ひたすら焦げ臭い』『辛すぎてむしろ痛い』『よくわからんが何故か痺れる』『何の味もしない』『硬すぎて歯茎に刺さる』などなど。

しかし、椋が広斗の出した料理を残したことは一度たりともない。あまりの辛さに作った広斗自身が食べきれなかったときも、椋は水をガブ飲みしながらすべてを食べきり、ごちそうさまとありがとうを言った。

だからこそ、どんな料理を出しても椋が美味しいと言うようになったいまになっても、広斗はまず椋の反応をじっと見るのだ。不味いものには不味いと言う椋だからこそ、広斗は彼の賛辞の言葉を真正面から受け止めることができる。

「だから、他の奴の料理がどうとか、逃げるとか、なにも気にしなくていい」

驚きに目を見開いたまま固まっていた広斗に代わり、椋がまた言葉を続けた。

「わかりました。嬉しいです。本当に、ありがとうございます」

料理をするようになってから今までのことを思い出し、つい感極まって涙ぐんだ広斗は、箸を持った手を自分の額に当てながら呟く。

椋はふっと息を漏らした。

「ありがとうって言うのは作ってもらってる俺の方だと思うが。お前が料理を作るたびに俺が感想を言って、それで完全に俺好みの味付けになってしまっているんだから、俺にとってはどこで食べる誰の作ったものより、広斗の料理が美味いに決まってるだろ。自分の一番美味いと思うものを、毎日作ってくれる人がいるって、本当にすごくありがたいことなんだと思うよ」

「椋さん。あんまり言われると俺、嬉しすぎてこのまま号泣するよ？」

「それは困る」

しばし二人で笑い合って、美味しい料理を堪能しながら箸を進める。

広斗との生活がいつかなくなることがあっても、彼を引き止めないで済むようにと外に出る必要性を感じた椋。そして彼は、実際に警察の外部パートナーとして力を示した。一連の捜査や新しい人との出会いは、椋にとってかなり大きな前進であった。

しかし、家に帰って広斗と二人きりの気の置けない時間を過ごして、椋は改めて、この生活を失いたくはないと感じてしまっていた。

椋は、あまりにも多くのものを失ってきた。そしてその存在を埋めるように、広斗がそばに居る。広斗の存在は、唯一自分が持っていると胸を張って言えるものなのかもしれないと思えて。

そうして考え込んでいたことから、椋は独り言のように口を開く。

「展示室でオードブルを食べていたときに、紫王さんも広斗のことを憧れるって言っていたよな」

「え、あの憧れるって俺のことですか？　俺が椋さんを尊敬しているみたいに、完全に尊敬できる相手がいることに憧れるってことなんじゃないんですか」

広斗は咄嗟に反論したが、不意に別の場面で紫王から言われた言葉を思い出す。

「あ。でもたしかに朝食ができたって紫王さんを呼びに行ったとき、俺のことが欲しいとか言われたような。あんまり深く考えてませんでしたけど」

広斗がぼんやりと呟くと、椋は鰹に伸ばしていた手の動きをピクリと止める。そして妙に真剣に、釘を刺すように告げる。

「お前が別の誰かのところへ行きたいと言ったときに、気兼ねなく行けるようにしたいとは言ったが、紫王さんのところには行くなよ。ちょっとそれは流石に、ショックを受ける」

広斗は口に含んでいた麦茶を吹き出しそうになり、ひとしきり咽せてから笑う。

「行くわけないじゃないですか」

「ならいいが。なんとなく、紫王さんは欲しいものは全部手に入れるっていうタイプなような気がして」

「あー。生粋のお坊ちゃんって感じしますもんね」

広斗自身も世間一般の感覚からすれば立派な『お坊ちゃん』ではあるのだが、彼は完全に自分を棚に上げている。

「あらゆる面で自信満々だからな。宮司の家っていうのがどんな環境なのかは知らないが、ああやって自信が持てるのは、本当に素直に羨ましいと思うよ」

お互いに紫王について好き勝手話しながら、椋はスマートフォンに登録された連絡先のことを思い出した。

「そういえば俺、紫王さんに真崎さんのことを連絡しないと」

「真崎さんのなにを連絡するんですか？」

「真崎さんの娘さん……菜々ちゃんのことについて。俺の目で見て、もし真実がわかったら教えて欲しいって言われていたんだ。紫王さんも、真崎さんの守護霊のことは気になっていたらしくて」

椋からの説明に、広斗は頷く。

「なるほど。真崎さんに、紫王さんの連絡先聞いてきましょうか？」

そう提案したのは、椋ではなく広斗が真崎の連絡先を管理しているからである。

しかし椋は、

「大丈夫。紫王さんの連絡先は、もう俺のスマホに登録してもらってあるから」

とあっさり答えた。

それから、不自然な沈黙が続く。

目隠しをしており、広斗の表情や様子がわからない椋には、広斗が口をつぐんでしまうと、状況がまったくわからなくなってしまう。

「広斗？」

不安にかられた椋がそう呼びかけた瞬間。広斗はテーブルに乗せた両手をギュッと握る。そして、渾身の気持ちを込めた叫びを一言。

「椋さんのスマホの連絡先、俺が独占してたのに！」

一般的に考えて、ちょっと気持ちが悪い発言である。

しかし、広斗に対して自分の気持ちを出し過ぎただろうかと密かに反省していた椋は、広斗が自分に向ける常識はずれの執着を感じて、どこかホッと安心してしまっていた。

5

ほぼ同時刻の別の場所。紫王は、彼の実家である神社を訪れていた。

陽が傾きはじめても外は相変わらずの暑さだが、クーラーもつけていないのに社務所の中はひんやりとしている。この現象には、神社の周囲を大木が取り囲んでいる立地が関係しているのだが、人はそこに神聖なものを勝手に感じるものだ。

だが、その社務所の一室で座布団の上に座って人を待っていた紫王にとって、神社の静謐（せいひつ）に感じる空気は、ただただ不快なものでしかなかった。

そもそも紫王は、昔から神社が嫌いだった。

千年以上の歴史を持つ御嶽神社で、代々宮司を務める家系の次男坊として紫王は生まれ、その文化に染まりきって生活を送ってきた。大学も神道科に通い、階位を取得した。卒業後、半年ほど実家とは違う神社に神主として務めてもみた。だが結局のところ紫王は、神道に、神職に、そして神社という場所にも好感を抱くことはできなかった。

　障子が開き、装束姿の初老の男性が畳張りの部屋へと入ってきた。軽い挨拶などを口にすることもなく、紫王の真向かいに置かれた座布団へ向かうと、男性はすっと背筋を伸ばして座る。彼が紫王の父親の丹王だ。西洋寄りの顔立ちをしている紫王に比べると、丹王はいたって日本人然とした顔の造りをしている。

「それで、どうだった」

　第一声がそれである。白衣に紋の入った紫の袴を身に着けた丹王は、自身の目の前に座る紫王をまっすぐに見た。

　一方の紫王は、白のサマーニットにウォッシュデニムというカジュアルな服装だ。父親と視線を合わせないようにやや下を向いたまま話しはじめる。

「初捜査は無事、滞りなく済みました。僕の助言が犯人逮捕に繋がり、小堺様もお喜びとのことと聞いております」

　小堺というのは御嶽神社の氏子であり、紫王を異能係の外部パートナーに推薦した警視監だ。

　その端的な報告に、丹王は感情のこもらない頷きを一つだけ。

「そうか。御嶽神社の名を汚すなよ」

「はい」

　紫王が恭しく頭を下げるのを見て、丹王は後に一言も残すことなく立ち上がると、部屋を出ていった。とても半年ぶりに会った親子とは思えぬ面会であった。

　障子が閉まる音を聞き、紫王は深く息を吐き出す。ゆっくりと上げた顔には、どうでも良いとでも言いたげな、投げやりな表情が浮かんでいる。

　父親と紫王の関係は、紫王が生まれたときからあのようなものであった。父親と親しく接した記憶などもなく、さらに丹王の興味関心は、いつだって跡取りである長男の蘇王に向いていた。紫王は宮司家にとって、蘇王に万が一のことがあったときのための、スペアのようなものでしかなかったのだ。

　昨年、蘇王の息子――つまり丹王にとっての孫ができたことで、彼の紫王への興味関心はよりいっそう薄れ、もはやほぼ零に近い。と、紫王は冷静に分析している。

　小さな溜息を漏らしながら立ち上がると、紫王もまた部屋を出て玄関へと向かう。最近リフォームしたばかりの清潔感溢れる板張りの廊下を進んでいると、目の前の戸から別の男性が出てくる。

　紫王よりも少しだけ背の低い、中肉中背の男性。まるで丹王をそのまま若返らせたかのような顔立ちの彼は、紫王の兄である蘇王だ。丹王が身につけていた袴よりも明るい、無地の紫の袴をはいている。

「なんだ、来ていたのか」

「兄さん。ご無沙汰しております」

　行く手を阻まれるように立たれて、紫王は、内の感情を抑え込んだまま愛想の良い笑顔を浮かべて軽く頭を下げる。

「何用だ？」

「父さんに、捜査協力結果の報告をしに来ました」

「なるほど」

　――弟が実家に帰ってきているのを見て『何用だ』もなにもないだろう。

　と心の内で突っ込みながらも、紫王はその不満を口には出さない。言ったところで、彼にはなにも響かないし、対応が変わる訳でもないことをよくわかっている。

「大鳥神社のときのように、また途中で投げ出すなよ。お前が戻ってきても、ここに迎え入れてやる訳にはいかないんだからな」

　蘇王は嘲笑混じりの言葉を投げかけ、紫王の横をすり抜けて歩いて行った。『大鳥神社』というのは、紫王が約一年前に辞めた務め先の神社のことだ。

「はい」

　胸の奥に澱のように溜まっていく淀んだ気持ちをそのままに、紫王はあくまで素直な返事をする。

　と、そのとき。兄の足音は遠くなっていくというのに、紫王の心に直接響く言葉があった。耳で聞き取る音声とは別のものだ。

『バケモンが、わたしの孫に近寄るな』

紫王に対する純粋な敵意しか感じない気配。言葉を発したのは、蘇王の守護霊である祖父だ。

守護霊とは、死人の魂が、憑いている人の生命力を依り代にして形を保っているものであると紫王は認識している。

当然のことながら、死人は現世の法やしがらみに縛られない。そのため、生前に秘密にしていたことや抑え込んでいたことでも、理性から開放されて感情の赴くままに喋る傾向がある。

――まぁ、祖父は生きてるときから似たようなことしか言わない人だったけどな。

心の中でそう毒づいていると、記憶に残る祖父の大きな声が、物理的な耳にまで聞こえてくるような気がした。紫王は瞼が軽く痙攣するのを感じ、顔を上げると、急ぎながら靴を履いて外へと出た。

すれ違う人と視線を合わせないようにしながら神社の境内を抜け、駐車場へ向かう。派手な愛車に辿り着く頃には、ほぼ駆け足になっていた。籠もっていた熱気にも構わずに車内へと体を滑り込ませると、渾身の力を込めてドアを閉める。

「クソッ！」

バタンと大きく響いたドアの音に被せるように、漏れ出るままの大声で悪態をつく。

苛立ちに任せた乱雑な仕草でエンジンをかけると、エアコンからも籠もった風が吹き出すのを感じながら、アクセルを踏み込んで駐車場から出ていく。

神社のそばにある実家へは、とても寄る気にはならなかった。車を走らせながらオーディオを操作し、爆音でロックミュージックをかける。

流れるような動作でウィンカーを出し、細い道から幹線道路へと乗ると、ややスピードを上げた。神社との距離が遠くなっていくのを感じると、僅かに気持ちが落ち着いてくる。

紫王は車の運転が好きだ。そして、彼の年齢からすると身分不相応なこの車は、彼が母親に頼んで購入してもらったものである。紫王自身の力では手の届かない車も、多数の氏子を抱える神社の経営に加え、不動産経営まで行なっている宮司家としては端金に過ぎない。

やるせなさに深く溜息をつきながら、紫王は前髪をかきあげた。

由緒正しき神社の次男坊として生まれてしまった、ということを除いても、紫王は幼い頃から孤独だった。それは、彼の生まれ持った霊能力に起因するところが大きい。周囲の大人は、奇妙なことをたびたび口にし、あらゆる秘密を暴く子供を疎んだからだ。

神社の息子という点においては、紫王の力を、神通力として有難がる風潮がないでもなかった。だがその理論でいくと、何の能力も持たない祖父や父親、そして兄が、紫王よりも格下ということになってしまう。結果、彼らは紫王を『落ちこぼれ』と見做すことで自分達の体面を保つことにした。

同時に、レールのように敷かれた神職への道を歩きながら、紫王も周囲の人々を『能無し』と見下していた。いかに階位の高い者であっても、彼らが紫王のような特殊能力を持っている訳ではないからだ。そんな環境に置かれた紫王に、その道で精進する気が起きるはずがなかった。紫王が家からはじき出され、同時にそこから逃げ出したのは、ごく当然の流れであった。

しばらく車を走らせたとき、紫王のポケットに入れていたスマートフォンが着信を知らせた。オーディオを切り、片耳に引っ掛けるタイプのヘッドセットをかける。

「はい」

応答すると、聞こえてきたのはか細い母親の声だった。

『紫王さん、いまどこにいるの？』

「あー。父さんへの報告は済ませまして、家へ帰っている途中です」

『もう？　今日はうちで夕飯を食べていくかと思って、紫王さんの分も用意しているんですよ。紫王さんの好きな南瓜（かぼちゃ）の煮付けも作ったのに』

「……すみません、急ぎの仕事があるもので」

自身を気遣う母親に申し訳がなく、少しだけ返事が遅れる。だが、あの父兄と一緒に呑気に食卓を囲む気にはならないのが紫王の本音だ。

『せめて、顔くらい見せてくれたら良かったのに』

「また今度、落ち着いたときに行きますよ」

『せっかくこっちに来たのに』

心残りそうな母親の言葉は続く。

そもそも、今回紫王が直接御嶽神社へ向かったのは、母親の促しによるものだった。『丹王が捜査の結果を気にしているので、帰ってきて直接報告せよ』ということだったが、丹王の様子からしてもそれは嘘だ。

――あの男は僕のことなど、毛ほども気にかけていない。あいつには、僕が直接報告をしたいと言っている、とでも伝えたんだろうか。

そう心の中で考え、紫王は漏れそうになった溜め息を噛み殺す。

宮司家で唯一、紫王のことを気遣っているのがこの母親である。彼女は必死に家族の仲を取り持とうとしているが、いまいち上手くはいっていない。

「家に着きますので、失礼しますね」

まだなにか言いたげな母親へ一方的に告げ、紫王は通話を切る。その言葉は嘘ではなく、紫王は地下の駐車場へ入ると、所定の場所に車を停めた。

繁華街の只中にある雑居ビル。その五階の一室が、紫王の事務所兼自宅だ。大きくはないビルだが、設備は最新のものが揃っている。

紫王は、去年からここで霊能事務所を開いていた。業務内容は、いわゆる霊視カウンセリングというものだ。御嶽神社から近くもないが遠くもない土地柄、直接看板に宣伝文句を入れている訳ではないが、御嶽神社の息子がやっている霊能事務所ということで開所当初から人気が高い。おかげで、開所時に銀行から借りた資金は早々に返済できそうな見込みである。

地下の駐車場から直接エレベーターで目的のフロアまで上がり、部屋へと向かうとプッシュ式のドアロックを解除して中へと入る。

霊能事務所として客にも驚かれる、オカルトっぽい要素はいっさい排除した空間。無機質なコンクリート打ちっぱなしの壁に、紫王が自分で一から揃えた現代的なインテリアが映える。特に、ル・コルビュジエの二人がけソファの横にフィカス・ベンガレンシスの鉢を配したエリアは、紫王にとって、そこにいるだけで落ち着くものとなっている。

気持ちを落ち着かせるためにコーヒーでもいれるかと、給湯室へ向かおうとしたとき、再度スマートフォンが震えた。

——また母さんだったら、そのまま放置してやろう。

そう思いながら紫王が画面を確認すると、見知らぬ番号が表示されている。

「はい、紫王です」

仕事の依頼だろうかと、電話を受けながら向かう先を変更し、ソファへと腰掛ける。と、耳に届いたのは意外な人物の声だった。

「あ、の……霧生椋です」

スマートフォンを耳に当て、椋はまごついた様子で話す。

上林兄弟以外の人間と電話で会話するのが久しぶりすぎて、電話をかけるというだけでいやに緊張してしまったのだ。

電話の向こうの相手である紫王もまた戸惑ったように、一拍間を空けてから声を返してきた。

『んっ、椋さん？』

「はい」

『なんで名乗りがフルネームなんです？』

「椋とだけ伝えて、わからなかったら困るな……と、思って。俺の名前、漢字は珍しいですけど、音はよくある名前なので」

電話の向こう側で、紫王の押し殺したような笑い声がする。愛想笑いか失笑的なものかと思いきや、その笑い声は椋の想像以上に長く続いた。

「……俺、そんなにおかしいことを言いました？」

『あははは、すいません。いやぁ、なんかほっとしちゃって』

不思議そうな椋の様子に気づいたのか、紫王は言葉を続ける。

『今日っていうかさっきっていうか、嫌なことがあって気持ちが落ち込んでいたんですよね。椋さんの声聞けて、なんだかすごく落ち着きました』

「そう、ですか……」

『うん、だからありがとうございます。ちなみに「りょう」って名前の友達、椋さんしかいないので、次から椋だけで大丈夫ですよ』

電話越しの紫王の声は直接会っているときと変わりなく、椋の緊張も徐々にほぐれていく。

「友達？」

『あれ、友達じゃ駄目でした？　でも僕たち同僚とかっていうのとも違いますし、もう友達でいいですよね？』

強引でもある紫王の押しの強さを、好ましくさえ思う。

「はい。友達でいいです」

『良かった。それで、どうしたんですか？』

「どうしたって、真崎さんのことですよ。わかったら報告してくれって、電話番号を教えてくれたんじゃないですか」

椋が電話をした要件を伝えると、紫王は一度大きく息を吸い込んだ。

『見たんですか？』

「昨日、あのまま真崎さんの家へ連れて行ってもらって見ました。全部わかりました、紫王さんが言っていたことの意味も」

それから椋は、極力真崎のそのときの様子には触れずに事実だけを伝えた。あそこで泣き崩れた真崎のことは、自分と広斗の胸の内だけに留めておいた方が良いような気がしたからだ。椋の説明がすべて終わると、紫王は、

『そうですか。本当にすごいですね。椋さんの能力は正真正銘、本物ですよ』

としみじみ呟く。

「俺は、紫王さんのすごさを思い知りましたけどね。紫王さんが菜々ちゃんの言葉を聞いていなかったら、彼女がどう思って亡くなっていったかなんて、誰もわからなかった」

椋が電話している背後では、広斗が通話の邪魔をしないよう、音をたてないように気を配りながらダイニングテーブルとキッチンの片付けをしている。つい先程夕飯を食べ終えたばかりだ。

椋は、覚悟を決めるように一拍置き、再度口を開く。

「紫王さん、聞いてもいいですか」

『なんでしょうか？』

「守護霊には、言葉は届くんでしょうか。その、もし菜々ちゃんが真崎さんのそばに、いまもいるのなら」

言葉を選んで問いかけながら、椋は深くソファに凭れる。

「俺がした説明や真崎さんの言葉は、彼女に理解してもらえたんでしょうか」

もちろん、答えを聞きたくて問いかけた質問である。だが同時に椋は、紫王の答えを聞くのが怖いような気もしていた。

紫王は、そんな椋の心の葛藤とは裏腹に、あっけなく答える。

『はい。これはあくまで僕が知覚している世界では、ですが。守護霊は、現世で起こったことをきちんと見聞きしています。特に守護霊として憑いている人の感情や言葉には敏感です。だから、菜々ちゃんにも届いていると思いますよ』

「そうですか。よかった」

椋はホッと息を漏らしたが、紫王は自嘲のような笑いを漏らす。

『まぁ、頑なに現実を受け止めないような守護霊もいますし、僕以外に認識できない存在の心が安らいだところで、意味があるのかどうかはわかりませんが』

紫王が続けた言葉を聞き、椋はふと違和感のようなものを覚えた。紫王にしては、少々突き放したような。そして、どこか自暴自棄になっているような言い方のように感じたのだ。同時に、通話のはじめに彼が言っていたことを思い出す。

「話と全然関係なくて申し訳ないんですが、紫王さんでも落ち込んだりするんですね？」

椋の率直すぎる言葉に、紫王がまた声をたてて笑う。

『僕のことなんだと思ってます？　僕だって人並みに落ち込みますし、怒りますし。傷つきますよ』

冗談めかした調子で語られる言葉は、途中でわずかに低くなる。

「もし、俺が聞いて気持ちが軽くなるなら……」

椋はそこで声を途切れさせる。『相談に乗ることができる』とは、言えなかった。人の気持ちや困った状況を聞いて、上手いアドバイスができるほどの人生経験をしていない自覚はある。紫王は、今度は笑わなかった。

『ありがとうございます。情けないことなので話しませんが。でも僕は、椋さんの存在を知れただけで、とても幸せで、慰められています』

その言葉に茶化すような色はなく、椋は自分の申し出が紫王にしっかりと受け止められたことを理解する。しかし椋には、紫王の言っていることがよくわからなかった。

生まれたときから他人とは違う能力を持ち、それでもなお孤独に他人と付き合い続けた紫王だからこそ、真に能力を持つ椋の存在へ安堵を感じているのだ。

「えっと、それは……」

どう応えたら良いものかと、椋はまごついて言葉を探す。だが、紫王は返事を待たなかった。

『それじゃ、またいつでも電話かけてきてくださいね。椋さんなら歓迎しますから』

いつもの明るいトーンに戻った声で告げられたあと、ぷつりと通話が切れた。

半ば一方的に切られたスマートフォンを降ろし、椋は脱力するように息を漏らす。

後半からはだいぶ慣れてきたが、知らずしらず肩に力が入っていた。

と、片付けを終えた広斗が声をかけてくる。

「椋さん。散歩、行きますか」

椋は頷くと、立ち上がって広斗と共に玄関へと向かった。外に出るときにいつもサングラスに変えていた目隠しは、今日は外さない。靴を履き、杖を手にすると外へ出る。

「紫王さん、何て言っていました？」

広斗が問いかけながら差し出す腕に、椋はごく自然な流れで手を伸ばした。軽く曲げた彼の肘のあたりに手を置く。

「守護霊は現世で起こったことをきちんと見聞きしているから、菜々ちゃんに俺や真崎さんの声は届いているだろうって教えてくれた」

「それなら、よかったです。今度真崎さんに会ったとき、そのことも教えてあげたいですね」

広斗のしみじみとした感想に、椋は頷く。しかし話はそこで終わらず、広斗は再度問いかける。

「椋さんが能力を使ったことに関しては、なにか言っていましたか？」

「すごいですね、とは言われた。かな」

「俺も椋さんのことすごいと思っていますよ」

妙な対抗意識を燃やし、広斗がすぐさま言葉を重ねる。

「俺の目が？」

「いえ、椋さん自身が。椋さんは、すごい人です」

広斗らしい返事に、椋は小さく笑う。紫王は、椋の能力に対して同志のような感情を抱いている。一方、広斗にとって椋の能力は、あくまで椋自身の付属品にしかすぎない。

玄関ポーチを抜けると、大通りを避け、住宅街を通って丘を歩くいつものルートを二人で行く。太陽は沈み、辺りは暗くなっているが、星の輝きはまだ強くない。西の空がまだ少しだけ明るいからだ。

「今回の捜査だって、広斗がいなければ、俺なんて何の役にも立ってなかったと思うけどな」

「そんなことあるわけないじゃないですか」

「そうなんだよ」

椋が発した謙遜の言葉は真実だ。椋はいまだ不安定で、一人で『仕事』はこなせない。いくら椋の能力に理解がある真崎や丸山がいても、椋のフォローを彼らができる訳ではないのだ。広斗はまだなにか言いたげだったが、それ以上言葉を重ねることはなかった。

それから二人は黙ったままのんびりと歩き、畑の脇にある坂を上っていく。椋と広斗はもともと口数が多い方ではない。ただ時折、思い出したようにぽつぽつと軽い会話をする。それが、二人にとっては心地の良いリズムだった。

たいした距離を歩いた訳でもないのに、丘の上からは辺り一帯が見下ろせる。ぼうっと眺めれば普通の街の夜景だ。しかし集中して見れば、住宅街の灯りからは人の営みを感じられる距離感である。窓がひとつ明るくなれば、住民が帰ってきたのかと思える光景が美しいと、広斗は思う。椋はその景色を眺める訳ではないが、吹き抜ける風の心地よさを感じていた。

と、そのとき広斗のスマートフォンが鳴った。二人は道の途中で立ち止まる。

「あ、真崎さんだ」

取り出したディスプレイを確認し、

「ちょっとすいません。ここで出ますね」

と断ってから広斗は電話に出る。広斗が真崎と数回言葉を交わしている声を聞きながら、椋はすぐそばのガードレールに軽く凭れて待った。

「椋さん」

しばらくして、スマートフォンを軽く顔から離した広斗に呼ばれ、椋はゆっくりと顔を上げる。

「明日、別の事件の捜査に協力してほしいとのことなんですが。椋さん、どうしますか？　一つ事件が終わったばかりですし、断れますよ」

広斗の顔に浮かぶ表情は複雑だった。今回の捜査で椋が得たものは大きい。しかし、広斗は相変わらず、椋に殺人現場を見せたくはない。街灯によって背後から照らされた椋の顔には影がかかっていて、広斗からは椋の表情を読み取ることはできなかった。

椋は、少しだけ考える時間をとってから、しっかりと頷いた。

「行く」

その決意のこもった返事に、広斗は息を飲む。そして頷きを返す。

「だが、広斗……」

ふと思い直したように、椋が続けて何かを言いかけた。しかし広斗は、椋の言葉の途中で真崎との会話へ戻ってしまった。

「椋さんは、次の捜査にも協力するそうです」

そう言って、椋が捜査に協力する旨を真崎へ伝えている。と、電話の向こうにいる真崎から問いかけに、広斗が答える。

「え、俺ですか？　愚問ですよ、行くに決まってるじゃないですか。殺人現場なんかに、絶対一人で行かせませんよ。椋さんが行くところに、俺は必ずついて行くんですから。はい……はい、よろしくお願いします」

真崎との会話の中で発された広斗の言葉を耳にして、椋は小さく笑う。さっき言いかけた言葉など、必要なかったのだと理解して。

通話を終えた広斗が、そんな椋の笑顔に気づいた。

「椋さんどうしました？」

「いや、なんでもない」

二人はどちらともなく歩き出し、いつもの道を歩く。来年になれば、広斗は社会人になる。いつまでもいまの関係が続く訳ではないと知りながら。

それでも、なにも心配する必要などないことを、二人はわかっていた。

会社帰りに迷子の子だぬきを助けた縁で、“隠り世”のあやかし狸塚永之丞と結婚したOLの千登世。彼の正体は絶対に秘密だけれど、優しく愛情深い旦那さまと、魅惑のふわふわもふもふな尻尾に癒される新婚生活は、想像以上に幸せいっぱい。ところがある日、「先輩からたぬきの匂いがぷんぷんするんです!」と、突然後輩から詰め寄られて!? あやかし×人——異種族新米夫婦の、ほっこり秘密の結婚譚!

◉定価:726円(10%税込)　◉ISBN:978-4-434-32627-1

◉Illustration:早瀬ジュン

マチバリ
presented by Matibari
公主の嫁入り
後宮の雪は龍の道士に娶られる
1~2
後宮で冷遇される少女を救ったのは、
偽りの婚姻。そのはずなのに……
紛うことなき俺の妻
これは、孤独な少女が
龍の道士と幸せ夫婦になる物語――
後宮で生まれ育ち、一度も外に出たことがない孤独な公主・雪花。幼くして母を失った彼女は、先帝の娘でありながら後ろ盾をもたず、虐げられて生きてきた。そんなある日、雪花の兄・普剣帝が彼女に降嫁を命じる。相手は龍の血を引く一族の末裔・焔蓮。国のため、特別な血筋を絶やさぬよう子を成すのが自らの役目――そう覚悟を決める雪花に、夫となったはずの蓮は意外な事実を告げる。それは、この婚姻は偽りで、雪花を後宮から救い出すためのものなのだ、ということで……?
幸せ夫婦に災い迫る!?

もののけ達の居るところ
ひねくれ絵師の居候はじめました
1～2
神原オホカミ
Ohkami Kanbara
ふたりきり、だけどにぎやかで温かい同居生活。
仕事がうまく行かず、
幻聴に悩まされていた瑠璃は
ひょんなことから、人嫌いの「もののけ絵師」
龍玄の家で暮らすことになった。
しかし龍玄の家からは不思議な『声』がいつも聞こえる。
実はその『声』がもののけ達によるもので――？
楽しく日々を過ごしているもののけ達と、
ぶっきらぼうに見えるが
優しい龍玄にだんだん瑠璃の心は癒されていく。
そんなある日、もののけ達の
「引っ越し」を瑠璃は頼まれて……
神原オホカミ
もののけ達の居るところ

この作品に対する皆様のご意見・ご感想をお待ちしております。

おハガキ・お手紙は以下の宛先にお送りください。

【宛先】

〒150-6008 東京都渋谷区恵比寿 4-20-3 恵比寿ｶﾞｰﾃﾞﾝﾌﾟﾚｲｽﾀﾜｰ 8F
（株）アルファポリス　書籍感想係

メールフォームでのご意見・ご感想は右のＱＲコードから、
あるいは以下のワードで検索をかけてください。

ご感想はこちらから

アルファポリス文庫

異能捜査員・霧生椋 - 緑青館の密室殺人 -

三石成

2023年 10月31日初版発行

編集－本丸菜々
編集長－倉持真理
発行者－梶本雄介
発行所－株式会社アルファポリス
〒150-6008東京都渋谷区恵比寿4-20-3恵比寿ｶﾞｰﾃﾞﾝﾌﾟﾚｲｽﾀﾜｰ8F
TEL 03-6277-1601（営業） 03-6277-1602（編集）
URL https://www.alphapolis.co.jp/
発売元－株式会社星雲社（共同出版社・流通責任出版社）
〒112-0005東京都文京区水道1-3-30
TEL 03-3868-3275
装丁イラスト－くにみつ
装丁デザイン－金魚HOUSE（飛弾野由佳）
印刷－中央精版印刷株式会社

価格はカバーに表示されてあります。

落丁乱丁の場合はアルファポリスまでご連絡ください。

送料は小社負担でお取り替えします。


ISBN978-4-434-32630-1 C0193